生之歌

杏林子

願以這本小書
還有我的愛和祝福
送給媽媽
做為六十歲的生日禮物

編者的話

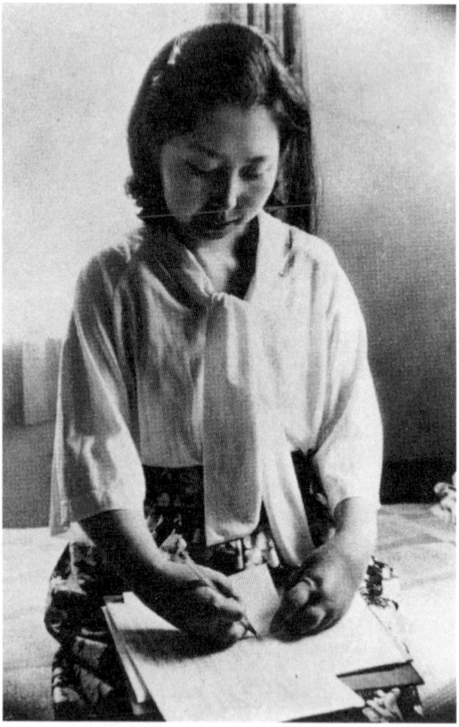

杏林子的第二本著作《生之歌》，出版於一九七七年，那時她已病了二十三年，活動範圍僅限於輪椅與床榻之間，寫作則是在一塊三十公分寬、五十公分長的三夾板上，以扭曲變形的手指吃力地「畫」著。

儘管《生之歌》的出版一波三折（見本書重排新版序），這本書無疑是杏林子銷售最好且影響最深遠的一本著作。這樣一本書寫愛的小書，看過的人超過百萬，一代傳一代，依然是讀書人的最愛。除了杏林子的人格特質，更是因為文字清朗，深入淺出，篇幅短小可愛，內容蘊藉深遠，所以讀者遍及各階層。

出版至今近五十年，鼓舞無數深陷深淵的人們，成為勵志的典範，更成為海內外國中小各級學校指定課外讀物。杏林子的作品也被《讀者文摘》等媒體轉載無數，被譽為台灣最具影響力的作家之一。她推己及人，發揮影響力，捐出版稅、稿費與友人共同創辦伊甸基金會，為更多同樣身心障礙的朋友爭取權利、提供相關服務，將她對生命的愛，透過基金會延續與擴大。

生命是一首歌

——《生之歌》一九七七年初版序

生命是一首歌，詠出諸天的奧祕。

一粒貌不驚人的種子，往往隱藏著一個花季的燦爛。

一條醜陋的毛蟲，可能蛻變為一隻五色斑斕的彩蝶。

一個少不更事的嬰兒，卻足以包容一顆追尋真理、渴羨美善的靈智。

生命是什麼呢？解剖刀、顯微鏡查不到，計算尺、方程式算不出。金錢無法評價，權勢無法左右。生命是上帝手中一個可愛的祕密，為的是彰顯祂的慈愛與大能。

神造天造地，造山造水，造花造樹，造鳥造獸；祂也造男造女，遍居其地。在上帝的眼裡，一切的生命都是好的，珍貴的，都出於祂精心的創造。

野地上的小花自開自謝，從不因為長得不如玫瑰嬌豔、蘭花優雅就否定了它們生存的權利。

樹林裡的野雀自鳴自唱，也絕不因為唱得不如畫眉婉轉、黃鶯悅耳就放棄了牠們生活的樂趣。

當一年之春，萬象之始，讓我們也撥動生命之弦和大地應和吧！不論人生的曲調是長是短，是憂是喜，或艱澀或流暢，都是一首莊嚴的歌。

因為，生命的本身就是一樁奇蹟。

獻給母親的讚歌

——《生之歌》一九九五年重排新版後記

《生之歌》是專為獻給母親而寫的。

十六年前的春天，我們兄弟姊妹幾人聊天時，曾談到當年是母親的六十大壽，我們該如何慶祝。五個子女中，母親在我身上耗費的心血最多，廿多年來，她守著我這個長年臥病的女兒，足不出戶，扶持我，照顧我，其間所付出的辛勞和犧牲不是任何言語筆墨所能形容的，母親的恩惠天高地厚，我永遠無法報答。我決定要寫一本書送她，我要告訴母親，我並未因病而消極頹喪，為了她的愛和期望，我會永遠奮鬥，努力不懈！我相信母親喜歡這樣的生日禮物！

多年來，許多陌生的朋友以及年輕人來看我——甚至是一大群一大群結伴而來，都想知道一個人怎樣在飽受病魔摧殘之下，仍能發出對生命讚美的歌聲？這本書就是一個最好的回答。我也希望帶給那些和我相同經歷，為生命奮鬥，在逆境中掙扎的朋友一點鼓舞和激勵。我們並不孤單，我們都是同一戰線的人！

《生之歌》是我所有書中銷售最好的一本，其中數篇文章不僅被編入臺灣國小及國中的國文課本中，也被香港及新加坡政府做為初中中國語文教材；最早期，亦曾被美國馬利蘭州大學華文班列為教學教材。

只不過，這本書的出版也最是一波三折，前後經過了好幾個不同的出版單位；如今整裝再發，交由九歌出版社重排新版發行，我要特別謝謝蔡文甫先生和陳素芳小姐，他們對這本歷久不衰的「新裝老書」仍然給予高度的肯定和信心！我也相信，面對這樣一個迷失徬徨的時代，越來越多的年輕人不知道為什麼而活，為誰而活，《生之歌》必然可以幫助他們內省生命的方向，為自己的人生定位。

杏林子

八十三年十二月
於花園新城

目錄

愛的世界

記得許多年前在日月潭的一個清晨，矇矓中我被一道光驚醒，睜開眼，正好看到窗外一輪旭日自山峰後冉冉升起。一霎時，彩霞滿天，映照著山與水一片胭脂似的醉意。俄頃，金光萬道，大地生輝。那景象是如此地壯觀瑰麗，使我深深被震撼，有說不出的感動與讚嘆。造物主以怎樣的智慧創造了這自然美景，又以怎樣的愛心將這一切賞賜給人類。

我時常覺得我們生存的世界是多麼的奇妙美好。有山有水，有花有鳥，並有日月星辰，而人間也有愛和溫暖。我們又有一對眼睛可以觀花賞月，有一雙耳朵可以聽到鳥叫蟲鳴，有兩條腿可以帶我們徜徉在山水之間。更奇妙的是我們還有一顆晶瑩的心，知道什麼是愛，懂得如何去愛，並隨時隨地享受著愛。

許多時候，我們到處尋找上帝，我們從《聖經》裡研究祂，在教堂裡討論祂。許多時候，我們呼求祂，主啊！主啊！祢在哪裡？其實祂就活在我們的四周，在早晨樹梢的清露中，在夕陽璀璨的餘暉中；在每一聲鳥的鳴唱中，在每一朵花的綻放中；在孩子無邪的笑靨中，在向你伸出救援的手中；在每一個關懷了解的眼神中，在每一句寬恕體諒的話語中；也在每一顆憂傷痛悔的心靈中。

且讓我們思想，並以感恩的心讚美吧！

春

我是一個長期臥病在床，足不出戶的人。

幾年來，我生活的天地僅限於六席大的斗室之間，除去家具，所餘的空間也著實有限，雖然靠東面的牆上有扇大窗戶，然而視線卻為後屋及左鄰的屋簷遮去大半，只留下右上角兩尺寬、半尺闊的一角天空給我。白天，偶爾有一絲陽光透進來；夜晚，偶爾有幾粒星子在窗角閃耀。我吃於斯，睡於斯，讀書寫稿也在於斯，這間小屋就是我整個的世界。至於屋外春去秋來，花開花謝，似乎已經和我隔絕了。

春天到了，人說百花怒放，春光明媚。然而我看不到，嗅不著，惟一能感受到的只是連綿的陰雨，透骨的寒意，常令我的關節發痛，似乎殘冬仍未褪盡。一天，弟妹們冒雨自街外歸來，捧了一枝含苞待放的黃玫瑰——沾珠帶露，嬌柔淡雅，僅僅一枝也就夠了。顧不得溼漉漉的衣裳，幾人忙著找來一隻古銅色的粗陶茶杯，將花插上，然後供在我的案頭，齊聲歡道：「祝妳生日快樂！」一霎時，陰霾消失了，寒冷逐退了，空氣中漾起一片溫暖的春意。一縷花香，無限情意，幾張青春洋溢的笑臉，何庸再去尋找春天，春天不就在我的小屋裡嗎？

我忘了，愛在哪裡，春天也在哪裡。

遙遠的路

人生的路途，遙遠漫長，
　有時崎嶇難行，有時平坦寬暢，
　有時風雨連天，有時花香遍地，
　有時歡樂有時愁。

啊！人生的路途，遙遠漫長，
　抱著信心，
　縱使曲折幽徑，萬丈雄心誰能阻？

懷著希望，
　風雨何所懼，轉眼又是豔陽天。
發揮愛的力量，
且把愛的種子撒下，同路猶有傷心人。

啊！人生的路途，遙遠漫長，
　抱著信心，
　　懷著希望，
　發揮愛的力量，
你的人生永不寂寞。

聽聽　這小溪

春天到了，屋後的小溪突然活潑起來，整夜聽著她輕快的腳步聲一路跳躍。

初搬到山上時，正值嚴冬，又是風又是雨的。我只好蟄伏在我的小屋裡，透過大大的玻璃窗，看雲天夕陽的變幻，山間曉霧的瀰漫；除此之外，就是這條小溪終日為寂寂深山加添一些生動的音符。我一直沒見過小溪的模樣，但我和她卻是那樣熟識。深沉的夜裡，當我讀累了、寫疲了時，我就放下書，擱下筆，靜靜聆聽小溪以她獨特的「溪語」訴說著大地的心聲。屋外寒風凜冽，冷雨敲窗，小溪的腳步也是遲緩沉重的，是她也不耐這冬日的冷寂？她可曾看到我窗口透出的一熒燈火，體會些許我關懷的心意？多少時候，我倆是深相契連的。

天氣漸漸暖和，小溪的步子也開始變得輕快流暢。想來，她一路穿過青山，行過原野，驀然發現溪邊的小花結了苞，小草冒了芽，初生的小蝸牛怯怯地探出了觸角；大地一片青蔥，萬物欣欣向榮。便不由得一陣驚訝，一陣歡喜，忙不迭地要將這好信息帶給大家。聽聽，這小溪正以多麼愉悅的聲音告訴你一個亙古彌新的故事；春回大地！

什麼時候，挑個風和日麗的好日子，我也下到小溪，探訪我這位神交已久的老朋友，小溪不知將以怎樣的歡樂迎接我哩！

缺陷的兩面

那天，你由同學陪著來看我，向我訴說小兒麻痺症帶給你的困擾與痛苦。

從小，行動上的限制使你無法和其他的孩子一同嬉戲，長大後又由於體型上的不同，招來不少異樣的眼光。從你那張年輕敏感的臉上，我可以看到你內心有著極大的挫敗感，你耿耿於自己的缺陷，鬱鬱寡歡。

不錯，人類慣以一個人的衣冠、容貌、財富、地位來衡量他的價值，但上帝卻是以聖潔、慈愛、信實、公義做為評分的標準。我們所要追尋的是上帝天平上的分量以及祂永恆旨意中的地位。因此，別人對你如何看法並不重要，重要的是你對自己有什麼樣的認識。

其實，天下沒有十全十美的人，誰沒有缺陷呢？外體的缺陷不足以懼，可怕的是心靈上的殘缺。何況，如果因為缺陷而使你更珍惜生命，了解生命，發揮生命；如果有形的缺陷，足以幫助你追求一個更完美理想的人生。那麼，缺陷就不是詛咒，而是一種祝福了。

對一個成功的人來說，缺陷是一項得勝的榮耀；對那些躲在缺陷後面自怨自艾的人，缺陷永遠是一個不幸的標誌。

幸與不幸，全在你自己掌握。

母親的餡餅

一位香港的朋友來臺，母親知道他是北方人，特地烙韭菜餡餅請他吃。我們原以為他一定吃得很香、很高興，誰知他捧著餡餅卻淚流滿面，無法下嚥。他想起了他的母親，想起了他母親親手做的餡餅。而今，他的母親淪陷大陸整整廿五年了，他到哪裡再嘗一口母親的餡餅呢？

遊子思親的眼淚使我衷心惻然，也使我怵然一驚。我是隨時可以吃到母親親手做的餡餅，然而，我幾曾咀嚼出那餡餅的滋味？是否也要等到含淚懷念時才體會得出？

母親，天下多麼孤單的角色。孩子小時，懵懂無知，只會哭，只會吵；孩子大了，眼界廣了，有了他自己的天地，自己的朋友，母親的世界再也容不下他了。母親的關懷往往變成嘮叨，母親的管教成了干涉。母親只有默默地把她的愛和進麵裡，把她的期盼包進餡裡。哦，母親，這是怎樣的一種「餡餅」呢？

為什麼天下總有流不盡的「子欲養而親不待」的眼淚？為什麼世上總有唱不完的「樹欲靜而風不止」的哀歌呢？

趁著母親還在身邊的時候，趁著我們還能享受到母親的「餡餅」的時候，讓我們多多珍惜，多多把握吧！讓我們含著淚對她說：「哦！媽媽，您的『餡餅』真好吃，謝謝您！」

老兵的勛章

父親半生戎馬，南征北討，經歷了無數場戰役，也負了無數次傷，留下許多傷疤。小時候，父親常袒敞衣裳，讓我們數算他身上的傷疤，細說來歷，每一個傷疤都是一段可歌可泣的故事，一次光榮的戰績。

傷疤代表著父親是一個真正的勇士。不論戰況多麼艱苦，戰火多麼熾烈，他都沒有退縮，沒有開小差；傷疤也代表著父親的盡忠職守，身先士卒。雖然，父親不是沒有打過敗仗，不是沒有因為傷口的疼痛而哭泣，但是，傷癒之後，他有勇氣重上戰場，他的傷疤都是在第一火線上得到的。政府曾頒下許多褒狀和勛章給他，來臺灣時卻未能攜出，為此，父親常惋惜不已。他不知道，他的勛章並未遺失，早已烙在他的身上了。

在人生的戰場上，我們也免不了會遭遇一些大大小小的戰役，為生活掙扎，為事業奮鬥，為理想拋頭顱灑熱血；許多時候，我們拚得頭破血流，傷痕累累，狼狽地敗下陣來，一時真是灰心喪膽，恨不得逃到一個隱祕地方躲起來。不必洩氣，不必懊惱，只要我們知道傷疤並不可恥，一次的挫折也不意味永遠的失敗；那麼，緩口氣，定定心，擦乾眼淚，裹好傷口，鼓起勇氣再去迎接下一次的挑戰。

對一個老兵而言，傷疤就是最好的勳章。

登上高峰

隔壁新搬來的鄰居，一家從父母到孩子全都是登山愛好者，全臺灣大大小小的山峰他們幾乎都攀登過。昨天，弟弟借回來十幾卷他們爬山的幻燈片，有阿里山、大雪山、奇萊山、大霸尖山等等，讓我這個從來沒有見過高山奇景的人大開一次眼界。

幻燈片一張一張打出來，我忽然有個奇怪的發現。在攀登的中途，往往可以看到雲層洶湧、風暴摧折的痕跡。但是，到了頂峰，畫片上卻是晴空如洗，萬里無雲，天純潔得有如一塊波斯碧玉。原來，有的山峰高出雲層之上，因而受不到風雨雷電的襲擊，一片安寧平靜。

當他們一路上翻山越嶺，披荊斬棘，處處是峻峭的山崖，危險的斷壁，還要時時提防毒蛇猛獸、急風驟雨，往往累得筋疲力竭，狼狽不堪；然而，只要他們穿出雲層，登上高峰，所有的艱辛痛苦就都拋到九霄雲外去了。山巔之上，陽光亮麗，星月璀璨，極目所視，又是一番氣象。

仔細思想，人生不也等於在攀登一座險峻的山峰嗎？儘管沿途飽受風雨凌虐，備嘗山陡路滑之苦；但是，如果我們不畏艱險，勇敢向上攀爬，終必也能穿透層層陰霾，登上生命的高峰，享受那一片光明華美的新天地。

好吧！讓我們一起努力，向上爬吧！

小蜘蛛

我的書桌上有一座彎月型的檯燈。這兩天，搬來一位新鄰居，一隻小蜘蛛在上面結網住家。

小蜘蛛實在小，只比大頭針的頂端大那麼一點點。小頭小腳是透明的琥珀色，小肚子卻如凝脂黃玉，小模樣可愛極了。一面小小的網只有嬰兒的手掌大，脈絡分明，玲瓏精緻。只可惜蜘蛛網過於纖弱，稍不小心就破了。一陣風，一個噴嚏就把牠的網給吹跑了；還有，歐巴桑不注意抹布一掃，不當心書角一碰也破了；甚至一隻大點的飛蛾都能把網給拉走……反正也不知究竟破了多少回，但小傢伙一點也不介意呢！織了又破，破了又織，整天就看見牠在我的燈架上上下下地忙碌著，惹得一家人都關心憐惜起牠來。朋友上門，也趕快請來欣賞，「看，我們的小蜘蛛在織網呢！」

昨晚燈下，我和父親兩人聚精會神，興趣盎然地看著小傢伙織網，一開始，牠像是個藝高膽大的高空飛人，用絲索把自己從燈架的上端一次次盪下來，固定好四周的經度線；接著，又變成長跑健將，繞著架好的經度線一圈圈向內跑，幾次看牠緩下腳步，以為牠跑不動了，不由暗暗替牠發急，但牠仍然堅持下去，直到整面網都織好。看牠筋疲力竭一動也不能動的樣子，真比跑了馬拉松還累呢！

望著這面小小的蛛網，我在想，我們是否也學到一些什麼呢？

愛之義

主，我常常思索，愛是什麼？

主，告訴我，愛是什麼？

如果我只愛我的親人，只關心我的朋友，只喜歡那些討我歡喜的人；那麼，主，我永遠不懂什麼是愛。

如果我只知道追求自己的幸福，只知道保護自己的利益，只知道為自己禱告；那麼，主，我仍然不懂什麼是愛。

如果我看重人的外表甚於他的內在，如果我以財富、地位來衡量一個人的價值；那麼，主，我一點也不懂什麼是愛。

如果我的口裡說著愛的話語，心裡卻充滿自私、猜忌和怨恨；那麼，主，我根本不懂什麼是愛。

如果我不能領略夕陽的瑰麗，大海的遼闊，山巒的雄偉，以及孩子們純真的笑靨；那麼，主，我還是不懂什麼是愛。

我的主啊！讓我從祢那裡學習什麼是愛；讓我的愛不是一句空洞的口號，而是融合了我的生命，發自我靈魂深處的一項行動；讓我不僅懂得如何去愛，也勇於去愛。

錦繡大道

每次去榮民總醫院看病，都要經過新生北路。新生北路又窄又長，一邊是雜亂的民房，一邊是舉「市」聞名的瑠公圳。瑠公圳早已失去它水利灌溉的功用，成為一條名副其實的臭水溝，溝水漆黑，熏人欲嘔，每次通過時，都得摀著鼻子，恨不得車子走快點。

然而，不知從什麼時候開始，路邊栽滿了密密麻麻的夾竹桃，其間又爬了許多牽牛花，將那條醜陋的大溝遮擋起來。到了花開的季節，只見桃紅和淡紫的花朵一路蜿蜒而去，點綴得這條路十分賞心悅目，恍惚間竟然有如一條「錦繡大道」。

在人生的道路上，有時候我們也需要經過一些曲折狹窄的小路。路邊或許是荒漠的野地，或許是泥濘的沼澤；孤單乏味，崎嶇難行，令人難以忍受。那麼，我們何不也栽點花草美化一下？以信心為沃土，以希望為肥料，以愛心為花種——每一份愛的付出，每一份愛的獲得都彌足珍貴，足以芬芳我們的生命。殷勤澆灌，小心培植，總有一天，花開如錦，蜂蝶夾道，那一條不堪入目的小路已經變成堂皇美麗的「錦繡大道」。

兩張臉

有兩張臉是我永難忘懷的。

一張臉上布滿了笑容與希望。說真的，她長得一點也不好看，但她的笑容卻像陽光似的燦然美麗。她小時曾患過一場腦膜炎，雖然沒有損傷她的智慧，卻留下可怕的後遺症，全身的神經無法控制，整日抽搐顫抖，以致軀幹後曲，後腦幾乎與臀部相接，十幾年了，她沒辦法完整地說一句話、吃一口飯，在那樣艱難的歲月中，她仍感謝上帝賦予她的生命。她斷斷續續地唱著讚美的詩歌，羞怯地對我訴說屬於少女的憧憬和夢幻。隨著母親，她學會作詩、畫畫，病床四周的牆上，掛滿了她的作品。面對不可知的命運，她表現了無比的信心和勇氣。

另一張臉屬於逢甲大學的一個學生。他在一次車禍中受傷，除了頭手之外，全身癱瘓，躺在一張可以上下翻轉的活動病床上。每天早上，我們一同做物理治療，若不是他胸口微微的起伏，你簡直難以相信那是一個真實的生命。他的臉上一點表情也沒有，平板冷漠，既不悲也不怒，不說不笑，對於別人的關懷慰問，他也毫不理會，直挺挺地躺在那裡任由醫生擺布。望著那張木然的臉，你會從心底寒起來，那是一張完全絕望的臉。

同樣的一張臉，卻有著如此之大的區別。我常為之思索不已。

老師傅

還不到七點鐘，老師傅就來上工了。提著小水桶，拖著木板鞋，矮墩墩的身子走起路來一搖三晃，老遠就聽見那不成調的口哨聲。

很難估計老師傅的確實年齡，總有六十多歲了吧！一把亂髮像是冬日衰敗的蘆草，滿面的皺摺如同剛犁過的春田；酒糟鼻，瞇瞇眼，一口爛牙。照理，他已經到了含飴弄孫，享享清福的時候了，卻甘冒清晨的寒風矻矻工作，幾十年了，他一點也不倦嗎？真是奇怪的老人。

看老師傅工作是一件有趣的事。只見他一手執鏟，一手拿磚，先在小水桶裡鏟一勺水泥，倒在量好的牆線上，放上磚，在磚面上「卜卜」輕敲兩下。然後，再鏟，再放，再敲……一會兒的工夫，就砌好了一行。手腳輕快靈巧，神態輕鬆怡然，嘴裡不是嚼著檳榔，就是哼著歌、吹著口哨，從沒停過。突然，他出其不意地把磚向空中一拋，使磚在半空裡打個花俏的跟頭，再穩穩接住，手法漂亮得像是馬戲班的表演。他自己先樂開了，得意得像個小頑童。在這樣飽經風霜、粗糙的外表下，竟然包容了一顆稚嫩的童心，多麼可愛。

很快的，一面牆就砌好了。看到這面牆，我一點也不覺得比米開朗基羅的雕塑遜色，他們同樣將整個性靈與生活都揉進去了。

無言的禱告

最深沉的禱告，是無言的禱告。

當我為痛苦壓傷，無力自拔的時候；當我灰心失望，對生活感到乏味的時候；當我心力交瘁，再也沒有力量與疾病奮鬥的時候；當我淚已竭、聲已哽，再也無法開口禱告的時候；我就靜靜來到上帝的面前，如同一個受盡委屈的孩子撲伏在母親懷裡，我不必開口，不必訴說，我知道，祂一切都已了解、都已明白。我只需要將自己完全交給祂，讓祂用那雙有力的臂膀緊緊摟住我，在祂裡面享受著完全的恬靜與安息。

有一首歌安慰了無數黑夜哭泣的靈魂：

長日孤單夜漫漫，失望悲觀，
虛空的心靈，渴想慰安，
忽然傳來一微聲，慈祥對我說：
我與你同在，從今到永遠，
不用懼怕。
我永不再寂寞孤單，永不孤單，
因我開心門，迎接主進來，
故我就擦乾眼淚，忘卻那懼怕悲哀，
永不孤單……

盡力而為

許多年前，我曾學過一陣子英文。荒廢了幾年，我的英文幾乎忘得光光的，但有一句話卻印象良深，至今難忘。這是一句英文成語：Do my best! 翻成中文的意思是「盡我的能力去做」，簡而言之也就是「盡力而為」。

這句英文很容易讓我想起《聖經》上的一則寓言故事：天國好比一個人要往國外去，臨行前叫來他三個僕人，按著各人的才幹給他們銀子，一個給了五千，一個給了二千，還有一個給了一千。那個得五千的勤懇經營的結果又賺了五千，得兩千的也同樣賺了兩千，惟有那個得一千的，懶得傷腦筋，偷偷把銀子埋在土裡，氣得主人回來後把他趕出家門。我們現今的社會不也多有這種懶人嗎？他們怕負責任，不肯腳踏實地地努力，偏又要抱怨什麼「時運不濟」、「懷才不遇」，結果是蹉跎一生，一事無成，多麼可惜！

其實，天生我材必有用，一個智商只有四十的低能兒經過訓練也可以擔負簡單的工作。我們不一定要為自己訂立多麼遠大的目標，崇高的理想，只要我們每一個人都能盡力而為，發揮自己的天賦，不好高騖遠，不自暴自棄，誰又敢說「前途無亮」呢？問題不在「銀子」的多寡，就怕你把它埋起來，白白辜負了上帝的恩賜！

生命的價值不在你得到多少或失去多少，而在你是否全心全意地努力過，活出你那一份光和熱。

朋友，你可願意：「盡力而為」？

跳躍的音符

隔壁那棟大樓即將完工，開始粉刷外牆了，鷹架上高高低低站滿了工人。忽然，我發現那多麼像是一首歌。一排排的鷹架很奇妙地構成了五線譜的格式，時蹲時起，來回忙碌的工人不就是跳躍其間的音符嗎？哦，我幾乎聽見有樂聲自那裡流出，那該是一首什麼樣的歌呢？

仔細思量，整棟大樓不就是一首無聲的歌嗎？建築師首先構想主題，是屬於磅基大氣如交響樂一樣的宏偉大廈呢？還是柔麗典雅如同小夜曲般的精緻小洋房呢？要具有歐洲風味？還是中國的古典？接著，工程師選購建材。嗯，屋基適宜堅實的花崗石，那麼就以音色鏗鏘的鋼琴主奏吧！嗯，這部分以輕巧美觀的玻璃纖維裝飾也不錯，那就用纖柔細緻的小提琴陪襯吧！或許，也有人喜愛金屬的華麗與高貴感，小喇叭高昂亮麗的聲音正好。或獨奏、或協奏，真是各展其長，變化無窮。

一切準備就緒，大夥兒就開始忙著填譜了。「咚咚咚！」我小木匠先在這裡敲段活潑的小快板吧！別忙！別忙！我泥水工要砌段平穩的慢板呢！哎呀！不好，我水電工得在這裡升高八度裝一截電線管呢！哈哈！你們都忙吧！我花匠師傅可要將庭院美化美化，加一節小花腔好了，美妙的顫音像一園子繽紛的花朵，美不勝收。

瞧瞧，這首歌多麼豐富，多麼熱鬧，我喜歡這樣的歌。無聲地唱出了生命的活力，唱出了世界的光明與進步。

繼續前進

在《聖經‧出埃及記》裡，說到摩西帶領了以色列民出埃及，過紅海，來到書珥曠野，走了三天都找不到水喝，好不容易到了瑪拉，卻發現那兒的水是苦的，百姓不由得大發怨言，訴苦不已。他們不知道，只要再走一段路程，緊接著就到了以琳，滿有泉水和棕樹，可以讓他們安安穩穩，舒舒服服地紮營休息。

「行百里，半九十」。最後一段路往往是最艱苦難行的。因為，開始的時候，人憑著一股衝勁，雄心萬丈，希望無窮，然而，經過長途跋涉，筋疲力竭，信心開始動搖，意志漸漸鬆懈，不免對自己懷疑，對前途絕望，許多人因此不能堅持全境，而致前功盡棄，以前的努力和辛苦都變得毫無意義，十分可惜。

哥倫布在他每天的航海日誌上最後一句總是寫著：「我們繼續前進！」這句話看似平凡，實包含無比的信心和毅力。就憑著這一股大無畏的精神，他們向著茫茫不可知的前途挺進，橫跨洪濤怒浪，歷經蠻荒野地，克服了無限的艱險阻難，終於發現了新大陸，完成了歷史上驚人的壯舉。

讓我們也繼續前進吧！不論路途多麼崎嶇難行，不論身體多麼困乏疲累，我們也要勇敢地走下去。過了「瑪拉」，「以琳」就在不遠。

不止息的愛

我們剛吃完晚飯，門鈴響了，母親去開門，是一個年輕的大男孩，看他一臉的委屈，原來，那天是他的生日，誰知回到家，卻發現家中空無一人，都把他給遺忘了，越想越不是滋味，提著書包就直奔「劉媽媽」家。山上臨時買不到菜，母親只好為他煮了碗麵，加上兩個蛋，憐惜地看著他吃完那碗簡單的壽麵。

大熱的天，母親仍手捧毛衣針。一年四季，她總有織不完的毛衣，鄰居的、朋友的，還有朋友的朋友輾轉相託的，總見她不停地織著。雖然，她織的樣式不一定新穎，大小不一定合身，但那一針一線中卻有她綿綿不盡的愛心。雖不是「慈母手中線」，卻是許多「遊子身上衣」！

就這樣，母親把她的愛一次一次分散出去。歸國的僑生，失怙的孩子，飄泊的遊子，母親這兒就成了他們最好的落腳處。病了、餓了、衣服破了、心裡有事了，也都來找母親。一位年輕人乾脆直言不諱地說：「你們家，我最喜歡劉媽媽！」天知道他原來是我和弟弟的朋友呀！

年年母親節，母親總會收到許多卡片，有的寫給「最偉大的母親」，有的「給我最敬愛的媽媽」；母親把這些漂亮的卡片高高放在書架上，樂得心花朵朵開。

哦，只要有母親在，只要有母親的愛在，不論這個世界多麼黑暗，多麼冷淡，我們也不灰心，也不絕望。

因為，母親的愛永不枯竭，永不止息。

感謝的心

長長的雨季終於結束了。天空重又現出笑容，天藍得透明，白雲輕輕飄過，陽光灑下一地歡躍的光彩。空氣不再顯得潮溼沉悶；柔柔的風夾著淡淡的花香、草香，讓人從心底舒暢起來，晴天多好！

但是，這樣的天氣要不了兩天，我們就感到不耐煩了。太陽不再可愛，只覺得它像團烈火似地烤得人要冒煙，空氣燠熱難當；我們又開始懷念落雨的日子了。人的心好像永遠是這樣不容易得到滿足。我們常為一些不順遂的小事抱怨，卻很少為我們享受到極大的福分獻上一點感謝的心！

我們很少為擁有的健康、享受的良辰美景、得到的親情友誼感謝；我們也很少為安定的生活感謝，這一切似乎都是理所當然的。但是，一點小病，一次失敗，一些小小的風浪，都會令我們抱怨不已；朋友得罪我們，我們暗恨心頭，忘了他以前的好處。好吧！就算什麼事都沒發生，我們又嫌日子過得太平淡，「好沒意思」！

我們就是這樣，往往忽略了生活中那些美好的、幸福的一面，卻斤斤計較那些不如意的事情，甚至趕脫一班公共汽車都是「倒楣死了」。我們總是喜歡折磨自己，讓我們的日子被一連串的懊惱和不快所替代。

什麼時候我們懂得感謝，我們就能享受到真正的生活樂趣。

獎牌

前些時候，一位非洲的運動健將創下了世界一英里的長跑紀錄：三分三十秒。哇！這樣長的距離只花費了三分半鐘，真比火車頭還有衝勁呢！我開玩笑地想，如果世界上有比慢競賽，我大約也可以得一面獎牌，因為我僅僅走一公尺的路也要花費三分多鐘呢！

別人看我坐在那裡，面色紅潤，神情愉快，一點也不像是久病之人，不知道我全身百分之九十以上的關節都告損壞，特別是兩條腿，關節腫痛變形，肌肉軟弱無力，走路對我成為一項極為艱鉅的考驗。因我無法用柺杖，起立的時候，必須像運動員起跑前的預備動作，上身彎曲前傾，默喊「一、二、三！」然後奮力向前一衝，靠著衝擊的力量站起來，但常因力量不夠，半途又倒下來，於是，一衝再衝，光是站起來往往就耗去半個多小時。

好不容易站穩之後，扶著牆開始慢慢向前移動，真是舉步維艱，寸步難移，短短不到十公尺的距離對我也是一條「遙遠的路」，我只有一遍遍在心中鼓勵自己：「快了，已經走一半了……好了，還剩三分之一了……馬上就到了，只有幾步了……」堅忍到底，終達目的。

人生道上，我也持定同樣的原則。我不在乎走長遠的路，我只要求自己不畏縮，不中途棄權；我也不在乎能拿什麼樣的獎牌，只要求我所踏出的每一步都不是虛空的。

禱告的手

有一次，銘傳團契的一大群女孩子來看我。談話時，有個面孔甜甜的女孩忽然告訴我：「我的姑姑曉得妳，她常常為妳禱告呢！」人太多，我一直沒來得及問她姑姑是誰，而這個女孩叫什麼，我也不知道。

三年前，美國的滌然姊妹來信時無意中提起，一對居住加拿大的醫生夫婦每日清晨都為我提名禱告，持續數年不斷。他們並未見過我，更不相識，然而，隔著遙遠的距離，他們卻為一個陌生的女孩付出愛的祈禱。

更早的時候，住在倫敦的一位楊先生，聽人提到我的病，十分關切，輾轉寄了一些有關我的病的資料，並且寫信鼓勵我「堅持自己的信仰，快樂地生活」，他誠摯的祝福我早日痊癒。至今，我仍不清楚這位楊先生是何許人也。

而另一位信天主教的朋友也曾告訴我，他們教會的三位修女每日為我特別加念一遍玫瑰經，祈求上主賜福。

哦！我不知還有多少識或不識的朋友為我禱告。但我知道，不論孤單軟弱，不論病痛疾苦，都有他們禱告的力量在支持。

廿餘年來，許多人只看見我臉上喜樂的容光，只看見我與病魔搏鬥的堅強意志力，卻不知道，在這一切之後，有著多少雙禱告的手將我牢牢地托住。

一路逆風

朋友回香港，辭行時，我祝他一路順風，他笑了起來，打趣我：「妳錯了，應該是一路逆風。」一見我一臉愕然，他解釋著：「從前古人坐船旅行，自然是順風而行；如今人乘飛機，飛機需要御風而進，才能飛得又平又穩呢！」哦？原來如此，可憐我這個小學程度的腦袋一向就搞不懂科學知識。

據說，蒼鷹總是喜歡築巢於峭壁的危崖之上。山巖上，草木不生，風厲如刀，母鷹就在那種環境訓練牠的小鷹飛行。在人的眼裡看來，母鷹似乎太不懂得憐惜牠的孩子，然而，母鷹知道，惟有最艱難的環境，最嚴格的訓練，才能使牠的孩子在物競天擇的自然界保持一個永遠不敗的地位。

小鷹剛剛會站，母鷹便帶著牠們頂著氣流，抗著強風，一次一次地練習著，強勁的阻力將把牠們的雙翅訓練得堅韌有力，足以幫助牠們爬得更高，飛得更遠；同時也鍛鍊出牠們強健的體魄，可以生存在最酷熱的沙漠地帶，也能處於最寒冷的崇山峻嶺。在動物中，牠們是少見的強者。

人不也應如此嗎？順遂的環境往往使我們好逸惡勞，靈性墮落；惟有在逆境中，才能磨練出我們堅強不屈的意志，奮勇向上的力量。苦難能將我們的靈智提升到一個更澄明、更深邃的境地，洞悉人生。

好吧！各位朋友，祝你們人生旅途一路逆風！

生命之課

那一年，我九歲，剛剛上小學四年級。學校來了位新老師，擔任美術和工藝的課程。他教我們畫畫、刻竹簡、捏陶土、做手工，最奇特的是他還教我們種花。

他帶著我們拔掉校園的莠草，除去雜亂的石塊，鋤鬆堅硬貧瘠的土地，做好一畦畦花床。每位同學都分得一塊大約一公尺見方的土地，旁邊豎上一塊小小的木牌，寫上各人的大名。哦！那一段日子可真是充滿了忙碌和喜悅，每天清早到學校第一件事就是去照顧我們的地。

地裡的變化真是無窮。小小的種子埋進土裡，要不了幾天就冒出一截嫩芽；然後，幾場風幾場雨，小芽就長了葉，分了枝，結了苞，開了一園子繽紛的花朵；

天地間真像是有一隻看不見的魔術家的手在變幻著。誰能想到那麼微小的種子竟然隱藏著如此豐富燦爛的生命，多麼叫一個孩子感到新鮮驚奇。

土地也誠實地訴說我們的勤奮懶惰，誰少澆了幾次水，少施了幾次肥，少捉了幾次蟲，它的花馬上就提出了抗議，賴都賴不掉。我們常常和老師蹲在校園裡看著那一園子欣欣向榮的成果，覺得又滿足又快樂！

我懷念這位韓老師，他帶領我們領略生命的奧祕，欣賞生命成長的奇妙，也了解「一分耕耘一分收穫」的道理；他沒有說教，而是利用大地默默教導了我們。

現在，不知是否還有老師教授孩子們這樣的「生命之課」？

晚霞

今天的氣溫高達攝氏卅六度，天空一絲雲彩也沒有，空氣凝止不動，白花花的陽光令人生畏，坐在屋裡也揮汗如雨，這是入夏以來最燠熱的一天。

然而，到了傍晚，夕陽卻在西山潑下一缽金，遠遠近近的山峰都浸浴在濃濃的金汁裡，燦然生輝，山谷在陰影下呈現出墨綠和灰藍的層次。天空的色彩更是千變萬化，由柔和的橙黃、檸檬黃、淡紫、粉紅，漸漸濃豔，而金黃、橘紅，至終成為一片豔麗的玫瑰色，那紅暈一直溶進大地，彷彿整個大自然都飲了一口醇酒似的，醺然欲醉。

我痴痴坐在窗前，直到暮色四合，最後一絲光線消失在遠方的山頭。沒有想到這樣一個令人難以忍受的暑天，卻孕育了今年夏天最美的一次晚霞，我忽然覺得白晝的烤灼都是值得的。

上帝常常在不知不覺中給我們補償。經過一季單調乏味的嚴寒，祂立刻以柔柔的花香，軟軟的鳥語，嫩嫩的青芽來復甦我們冷寂的心；夏季的悶熱固然令人煩躁，但夏天的晚霞卻最美，夏夜的星光卻最燦爛。而暴風雨之後，上帝不也往往以一彎美麗的虹彩使我們忘掉剛剛的驚悸嗎？經過漫長的盼望和忍耐，我們更能領會神豐富的恩賞。

哦，我願意再忍受一個這樣酷熱的夏日，只要讓我再欣賞一次這樣的晚霞。

故鄉　故鄉

朋友自美寄我一片楓葉。雖經千里迢迢，仍然如丹似火，鮮豔無比，不禁想起此刻故鄉的楓葉可也為秋風染紅了顏色？

抗戰勝利那年，我三歲。一個秋天的夜晚，街上忽然傳來一陣鑼鼓喧天，爆竹震天響。勝利了，日本鬼子投降了，大家像瘋子一樣互相抱著又哭又笑，又叫又跳。是的，勝利好還鄉，離家的孩子也該回來了。外婆抱著我站在街上看遊行，夜風凍得我的牙齒格格響，仍然捨不得離去。童年許多事都忘了，惟獨這件記得又牢又深刻。

有家的孩子是幸福的，有故鄉可以盼望的人是不孤單的；對飄泊的遊子，故鄉是一盞千里明燈，永不熄滅！有一天我們都要回去，捧著故鄉的泥土，重溫兒時的舊夢！

很多朋友都以為我的筆名「杏林子」是為了紀念我廿多年的病痛生涯，不知那更是為了懷念我的故鄉。我的故鄉就叫杏林，一個民風淳樸的古老小鎮。儘管有人覺得我的筆名怪怪的，有日本味道，我也捨不得更換。看見筆名，就像是再一次提醒自己：記住，妳是杏林鎮的孩子！

在這個常綠如春的寶島，見慣了椰子樹的婀娜，見慣了杜鵑花的嬌豔，哪裡知道此刻已是「楓葉荻花秋瑟瑟」的季節了，然而「一山紅葉為誰愁」？同樣的秋色猶可自同一緯度線的新大陸去尋覓，而秋心呢？而秋思呢？

故鄉！故鄉！

颱風之後

剛送走了妮娜，餘悸猶存，接著又來個婀拉，聽說後面還有個熱氣團。每年夏天，就是颱風肆虐的季節。

在臺灣，一提起颱風，就叫人不寒而慄，想起風狂雨暴、屋倒樹折的可怖情景，就叫人緊張擔憂，無形中帶給人精神上極大的威脅。

有一年，颱風來得特別厲害，我們關緊門窗，躲在屋內，雖然缺水斷電，卻難得一家老少團聚。忽然，院中傳來「轟隆」一聲巨響，我們嚇了一大跳，趕快開門去看，原來相連兩家共同搭蓋的鐵皮雨棚整個被大風掀了起來，墜落在院中。父親看看損壞得無法再用的雨棚，對愁眉苦臉的鄰居哈哈大笑說：「好呀！舊的不去，新的不來！」父親的樣子惹得大家都笑了，忘了呼嘯的風，如注的雨。

雖然，重建一座雨棚對那時的我們是一筆不少的額外開支，但對已經形成的損壞作無謂的埋怨懊惱都於事無補。何況，雨棚沒有吹上屋頂，造成更大的損失，沒有颳落街上，擊傷路人，都是不幸中的大幸，我們還不該感激麼？

廿多年來，我們這個苦難重重的家真不知道受了多少次風雨的襲擊，但我們從未被擊倒。我們深知風雨固然可怕，但更怕的是我們沒有面對風雨的勇氣，沒有克服風雨的信心。

至今，我仍難忘父親在風雨中仰天長笑的神態。

人生的徑賽

說也奇怪，我從小雖然活潑好動，卻不喜歡上體育課，我討厭那些刻板的規則。有次分組賽跑，我一點也不起勁，懶懶散散地跑了一半，發現同學都已到終點，心想反正最後一名，何庸再跑，就停了下來，中途走開。沒料到站在終點算成績的老師立刻勃然大怒，嚴厲地將我訓斥了一頓，罵我年紀輕輕就會投機取巧，做事有頭無尾，沒有責任心，命令我從頭再跑。於是，我在全班五、六十位同學眾目睽睽之下，含著眼淚從起點一步步地往回跑，那一百公尺足足有一百公里長，心中羞憤交加，把個老師簡直恨入骨髓。然而，隨著年齡的增長，這個教訓卻深植在我心中，給我極大的啟示。

人生何嘗不像一場徑賽，有的人跑得快，有的人跑得慢。跑得快的固然一路領先，風風光光，跑得慢的就免不了受些冷嘲熱諷，有些人怨天尤人，一路上窩窩囊囊、委委屈屈；有的卻抱著「龜兔賽跑」的精神，默默努力。而那些跑得快的也不見得個個都能永遠領先，有的後繼無力，被人超前，有的半途摔倒。能夠靜心檢討，爬起來重跑的雖也不少，卻有些受不得一點失敗的打擊，自暴自棄，乾脆放棄了再跑的權利。在人生的徑賽場上，真是形形色色，無奇不有。

其實，快慢並不重要，有始有終，堅持到底才是我們對生命最大的敬禮。

蟬的故事

整個夏天，我都是浸在蟬聲裡度過的。

城裡的蟬似乎總是孤孤單單，在悶溼的下午偶爾拉那麼一聲長鳴，聊為點綴。山裡的蟬卻是千人大合唱，你啟我應，你唱我和，煞是熱鬧。在那些沒有風沒有雲的日子，蟬聲匯成一道清流，在樹叢的綠蔭間流淌。

想起蟬，就想起蟬的生命。蟬的幼蟲時期非常長，有十幾年的光陰是蟄伏在泥土裡，然後鑽出地面，蛻為蟬，飛上枝頭，化為一首歌，唱出夏之戀。當秋風乍起，桂子飄香，牠們也悄悄結束了短暫的生命，有如一位盡瘁於舞臺的藝術家，何以蟬必須忍受十幾年暗無天日的生活，只為了造就一季的輝煌？多麼奇特的成長過程。

蟬的故事也讓我想起那些有名的音樂家們，如巴哈、貝多芬、舒伯特、韓德爾、莫札特、普西尼等等，幾乎都曾經歷過一段黯淡的時光；或出身寒微，或少年坎坷，或身有殘疾，長期掙扎於貧困與潦倒之間。但不幸的命運、惡劣的環境反而驅使他們將全部的生命傾注於藝術的創造，充分發揮他們的天分與才華，世人往往眩惑於他們所得到的成就與榮譽，卻不了解在這一切的背後，他們曾付出多少辛酸與眼淚？忍受多少孤單與冷落？

通往成功的路程往往是漫長而艱苦的。神讓我們在困阨中學習信心，在孤單中學習忍耐，我們的生命便趨於圓滿成熟。

放風箏的季節

秋高氣爽，金風颯颯，正是放風箏的好季節。

哪一個孩子不放風箏呢？小時候，我們總是自己做風箏（不像現在可以買到現成的），最簡單的風箏是那種菱形的，只須兩根細竹篾，交叉成一個小小的十字，糊上紙，貼上長長的尾巴，找一個媽媽用剩的線軸，纏上一大綑收集而來的各色細繩麻線，就可以快快樂樂地玩一個下午了。空曠的野地上，早已聚集了一大群放風箏的孩子，眾家孩子各自互別苗頭，看看誰家的風箏精緻漂亮。有時候角度不平衡，剛一起飛就一個倒栽蔥下來；有時候線不夠結實，被別人的線一絞就斷了，眼看著辛苦做成的風箏揚天而去，心中好不懊惱。

放風箏也得一點竅門，必須逆著風，托著它小跑幾步，將手向上輕輕一抖，風箏就被風頂了起來，若是風勢作美便可直上雲霄，大有「不飛則已，一飛沖天」之勢，看那一副翱翔雲外的雄姿，自己的心彷彿也跟了上去。

放風箏在早先本寓有放晦氣之意，將一些不如意、倒楣的事，藉著風箏讓它隨風而去。這倒不純然是迷信，試想，在原野上奔跑追逐，雲闊天高，自然胸襟開曠，心中鬱結無形中就化解了。同時，放風箏更能啟發人爭取向上之鬥志，不僅是陶情怡性。有益身心的遊戲，也蘊含人生的哲理。

勇敢地站起來

許多年前，我的健康情況有一度好轉，便到兩處傷殘機構做義務輔導員，兩年的工作期間，輔導了將近一百個殘障兒童，其中絕大部分都是小兒痲痺患者。

我們教導孩子的第一項功課，就是如何照顧自己，學習自立。對於一個身體有缺陷的孩子，父母往往過於憐惜，百般呵護，反而養成了孩子們怯懦依賴的心理。

開始我們先教他們穿鐵鞋。先穿長襪，然後穿鞋、繫鞋帶、綁好鐵條上的皮帶。由於孩子們的腿失去作用，每一個動作對他們都是困難萬分。看他們吃力地抬著軟弱的腿，一穿再穿，仍然無法把腳套進鞋子，有的急得大哭，有的氣得發脾氣，我們只有捺著性子哄著、勸著、鼓勵著，常常要教好幾個禮拜才能學會。

接著是訓練他們走路，走斜坡、走臺階；走平路，也走不平的路。孩子們常常跌倒，我們卻很少攙扶他們，我們要訓練他們自己跌倒自己爬起來的能力和觀念。有時候，看見他們摔痛了，仰著小臉，含淚地企求我們時，心中真是不忍，恨不得立刻拉他一把，但是不能，我們只有狠著心腸說：「孩子，阿姨現在可以拉你起來，但有一天你在沒有人的地方跌倒了，誰又拉你呢？」

世途坎坷，誰沒有跌倒的時候？一個人跌倒了並不可恥，可恥的是他賴在地上不肯起來。孩子，讓我們一起勇敢地站起來吧！

拾回童心

「哇！天好漂亮！太陽好漂亮！樹也好漂亮！」

一個小小的男孩在我窗前歡呼著。他只有四歲，還不會用豐富的詞彙形容他所見到的景物，但那一聲聲的驚嘆卻說出他對這個世界的驚奇、喜悅和滿足。經過小男孩的指點，我這才發現天藍得非常「漂亮」，樹綠油油的十分「漂亮」，太陽灑下一地「漂亮」的金黃色彩。但我剛才怎麼沒發現呢？剛才，我還在跟朋友抱怨天熱得人發昏，太陽像團烈火，烤得人心煩意亂，誰還有心情看外面？

記得做小孩時，我們不也是對雲彩的變幻、小鳥的歌唱感到新奇和讚嘆？不也是對別人的關懷、鼓勵，一點幫助，一些微小的禮物滿懷感謝，長記心頭？世界在我們眼中是那樣的美好、新鮮、充滿發掘不完的樂趣；然而，從什麼時候開始，我們的心遲鈍了，麻痺了，再也享受不到那種完全單純的快樂了。

是的，我們長大了，我們了解虹的形成卻不再為那美麗弧形的七彩而動心；我們也知道種子發育的整個過程，卻不再為春天的一抹新綠而驚訝！是的，我們的確長大了，我們開始斤斤計較自己所付出的是否超越了所得的，我們講究利害關係，忙著錙銖必較，我們的心又老又疲！

哦！讓我們拾回失落的童心，透過孩子的眼睛看看，你會發現這個世界確實「漂亮」！

薑花

夏秋之季，山野間開滿了薑花。小溪的兩岸，山坡、田埂上到處都是；一叢叢，一簇簇，碧綠的葉子，雪白的花朵，散出一股清幽的芬香。

我喜歡薑花。雖然它並不美，也不嬌貴；然而生命力極為強韌，頂得住七月的驕陽，也耐得住九月的風暴，樸實無華，不論山窪野地，悄悄吐露它們的芬芳。

我常想，我們的社會不是也有許多平凡的小人物，在不為人注目的角落裡默默散發他們的馨香之氣！

一位拾荒的老人，六七十歲了，孤苦無依，三餐尚且不繼，卻將辛苦搜集的舊物賣了錢，買了書，捐給各學校，他自知所學有限，願意為莘莘學子盡點心意。

另一位鄉村老農，每天農事之餘，就挑著一擔擔沙石，立誓要將村前一條晴天塵土飛揚、雨天泥濘遍地的土路鋪成石子，三年了，才完成一半，他仍然繼續在鋪設。

還有一位寡婦，靠著替人洗衣微薄的收入撫養四個孩子。然而當她知道同村一位七十幾歲無親無靠的老太太得了半身不遂後，就自動負起照顧的責任，每日送三餐，洗滌穢物，風雨無阻，一直到老人去世。

如果你留意，隨時都會發現這樣動人的小事蹟；我們的社會不也就因為這些人才變得更為溫馨可愛的嗎？如同那薑花一樣，看似卑微，卻自有一種高華的節操。

樓的誕生

隔鄰所建的大樓終於落成了。新穎的式樣，淡雅的顏色，矗立在青山綠水之畔，多麼令人注目。

透過大大的玻璃窗，我可以看到整個工程的進行。從奠基打樁、紮鋼筋、綁鷹架，看他們一層一層地灌漿、砌牆，直到整棟大樓完工，真像是看見一個嬰兒誕生一樣，令人欣喜快慰。

不知道山裡的工人是否慣於早起，每天不到七點鐘，我尚好夢猶甜，他們就來上工了。工地立時響起一片叮叮咚咚的聲響：敲石子的，鋸木頭的，釘釘子的，噴漆的，電鑽的，加上工人的叫喊聲，拉沙石的卡車轟轟聲，點綴得整個工地熱鬧非凡，雖然飽受干擾，卻也給人一種粗獷有力、生氣蓬勃的感覺。哦！天下有什麼聲音比人類的「團結」更和諧？有什麼聲音比人類的「奮鬥」更雄偉？

是的，整件工程也就是一個整體合作的成果。建築師、工程師的職位固然重要，拌水泥、挑磚石的小工也同樣功不可沒；鋼筋水泥雖是棟梁之材，一枚釘、一撮沙也同樣不可或缺。這不僅是人與人，也是人與物、物與物的配合；各司其職，各盡其材，互相搭配，通力合作。望著這棟嶄新的大樓，多麼完美的配合，處處閃耀著智慧的結晶，力的組合。

將整個世界文明縮影，不也就是這樣一件小小的工程嗎？

歌唱人生

一位團契的大男孩到鳳山服預官役，寫信回來向我訴苦，每天都是出不完的操，打不完的野外，晚上還要站衛兵；還有什麼單兵戰鬥、震撼教育、急行軍等等，根據他自己的說法，累得牙都歪了。

他最害怕行軍了，常常一大早就得背著水壺、背包、圓鍬、十字鎬，還有那根比他輕不了多少的「第二生命」，一路上叮叮噹噹爬坡越野、跋山涉水，走到日落西山，腳也起泡了，腿也抽筋了，真是苦不堪言，心情十分惡劣。

我教他一個法子：唱歌。如果我們無法改變環境，何不試著轉換心情。部隊裡自然不能隨意引吭高歌，但他可以默默地唱，在心裡唱。以後，每逢行軍時，他就開始不出聲地唱起歌來，從聖詩、藝術歌曲、民謠，一直到「兩隻老虎跑得快」；唱著唱著，心胸開朗了，腳步輕鬆了，精神振奮了，也可以有閒情欣賞路邊的花花草草了。

我自己也有類似的經驗，每當我心情苦悶、煩愁、疲乏憂傷的時候，我就唱歌。雖然開始的時候，心情是苦澀的，聲音是瘖瘂的，慢慢地，我感到心中像是有一道泉水流出來，活潑輕暢，一切的鬱悶都一洗而空。我喜歡歌唱，歌唱使我的心更接近天堂。

唱吧！朋友！唱出我們的憂傷，也唱出我們的喜樂。人生的道路本多艱難險阻，與其沮喪著臉，無精打采走，何不挺起胸、唱著歌兒前進呢！

征服自己

一九七五年五月，日本一位卅五歲的家庭主婦田部井淳子登上高達二萬九千多呎的埃佛勒斯峰，這是有史以來，第一位征服此峰的女性。

埃佛勒斯峰又稱聖母峰，是世界第一高峰，在田部女士之前，僅有七人曾征服此峰，可見它的高峻險惡，而田部井淳子以一介弱女子，是靠著什麼力量完成這樣的壯舉呢？根據她自己的說法，也沒有什麼祕訣，不過是鍥而不捨的耐性而已。

我常想，那些偉大的探險家在征服高山和大海的同時，恐怕也需要征服內心對茫茫前途的恐懼與怯懦吧！的確，克服心理上的障礙，真比攻占一座城池還要難啊！

人類最大的敵人往往是他自己。人性中的暴戾、嫉恨、虛榮、自私、懦弱、驕傲等，在在都需要我們以極大的毅力去克服，曾聽過這樣一句話：「偉人不是沒有卑下的情操，只是永不為卑下的情操所屈服。」只要我們不屈不撓，痛下決心，終必能超越自己，戰勝自己。

還有我們生活中許多不良習慣，不當嗜好，有的足以戕害身體，有的導致靈性墮落，明知如此，卻總要找些理由原諒自己，姑息自己。人生如戰場，心理上先洩了氣，認了輸，這場仗如何還打得贏？

敢於向自己挑戰的人，才是真正的勇士；能夠征服自己的人，方足以頂立於天地之間。

冬夜

幾年前，姊姊自美返國省親。一回來就是接不完的應酬，四處拜訪，難得和家人團聚。有天晚上，好不容易親戚開了一輛大旅行車，帶著我們一家老少出外兜風；光滑平坦的馬路，繁華熱鬧的街市，在在都令姊姊驚奇讚嘆，連稱祖國進步飛躍。逛完了市區，車子朝郊外飛馳而去。沒想到走到一處偏僻的公路上時，車子卻突然出了毛病，熄了火，前不巴村，後不著店，說多尷尬有多尷尬。

親戚懊惱地去找人救援。我們一家只有困坐在車內，窗外漆黑一片，既無星辰也無月，這是一個淒冷的冬夜。我們像是被人遺忘的一群，孤單無助！

不知道誰打破了靜默，提到小時候的一件趣事，逐漸勾引起大家的記憶，於是你一言我一語地開始互相開起玩笑，互揭瘡疤，許多見不得人的「拙事」都被抖了出來，大家笑鬧成一團。時光似乎倒流，流回從前那些困苦卻也豐富、爭吵卻也恩愛的歲月，淚裡有笑，笑裡有淚，回憶使我們的心緊緊契合在一起。姊姊出國將近十年，十年的光陰所造成的距離與生疏在那一刻被彌補得天衣無縫，我們渾然忘卻車外的一切，沉浸在親情的溫暖中。當親戚滿懷歉意地趕回來時，迎著他的是一車溫馨的歡笑。

許多事情在表面看來或許是件損失，然而，卻往往可以使我們得到一些意想不到的收穫。那麼，在人生道上，偶爾拋次小錨也不是壞事，是不？

不要回顧

蔡失戀了。看著他蒼白的臉色，痛苦的眼神，我也難過得不知如何安慰他。

一年多來，他投注的感情太多，也太深，愛得十分艱苦。由於他平日把我當成親姊姊一樣，自始至終，他不時向我報告戀愛經過，也一起討論追求方法，草擬情書內容；蔡實在是一位可愛而刻苦上進的好青年，幽默、熱誠，又有同情心，惟一的缺憾是他兩腳不良於行。那個女孩也不是不愛他，只因克服不了自己的虛榮心，終因這點缺陷而拒絕了他。這對蔡是個多麼殘酷而無情的打擊。

當我深深為他惋惜時，他苦笑而堅定地看著我：「不論錯也好，對也好，過去的事就算了，不要回顧，我們朝以後努力吧！」他走了之後，我反覆地想著這句話：不要回顧！

多少人停頓在失意的時光裡。愛情破滅了，生意失敗了，到手的機遇白白錯過了，說不盡的懊惱悔恨。唉！如果能從頭做起，我就可以避免錯誤，可以掌握機會，如果……，可是，人生是一條單行道，永無回轉的可能。

多少人也留戀在得意的歲月中。從前我的生意多麼發達，日子過得風光體面；從前我的事業多麼成功，位高權重，多少人奉承我、巴結我；從前我多麼年輕漂亮，追我的人數不清；從前……，然而，逝水流年，一去不回頭。不要回顧，朋友！我們的方向在前面，我們的路程在前頭，讓我們朝前看！向前走！

風霜

年輕的航海家回來了。黑了，壯了，結實的肌肉在衣服下隱隱凸現。兩眼炯炯有神，臉上帶著自信的笑容，看來，這一年海上生活的磨練不是毫無代價的。

猶記得去年夏天，他剛自海洋學院畢業，規定必須上船實習一年，他的家人親友全為他暗暗擔憂。他以前患過肝病，身體單薄，臉色蒼白，又絕少運動，是個標準的「文弱書生」，更糟糕的是他連游泳也不會，如何禁得起海上風浪的折騰？但是沒辦法，不上船就拿不到畢業證書，只好把心一橫，開始他的海上行。

一上船，老水手欺生，把最粗重的工作都派給他做，整得他頭昏眼花，加以不習慣海上枯寂的生活，又想家想得厲害，男兒淚不知暗彈多少回，他都咬著牙挺住了，他告訴自己說，命運是人創造的，環境是人闖出來的，他不能叫人瞧不起他這個堂堂科班出身的大學生。奇怪的是，一個人只要下決心不為環境所屈服，困難自然迎刃而解。風裡浪裡，工作不再是苦役，而是操練。日子雖然單調乏味，卻使他能夠更深一層去思想、探索人生的問題。

海的遼闊雄偉、日出日落的瑰麗壯觀，也在在使他領略到造物主的奇妙偉大。鹹溼的海風在他臉上敷上一層薄薄的風霜之色，透出一股成熟的堅毅，稚嫩的男孩已長成一個男子漢了。

是的，風霜之後，柿子變紅，蘿蔔更甜，人生又何嘗不是如此呢？

希望

十年前，我的兩腿動了一次矯形手術。手術房出來，右腿立刻墜以八磅重的鐵砂袋，左腿打進了三枚不鏽鋼釘，石膏一直敷至大腿根部。整個下半身一動也不能動，加以傷口又痛，整整三天三夜都無法合眼。但我既沒有哼，也沒有請醫生打止痛針，全病房的人都誇讚我堅強勇敢。他們不知道，並不是我真的不怕痛，也不是我的忍耐力比別人強，只因我了解這樣的痛楚是短暫的，手術之後，我就可以恢復走路，可以郊遊、上街，到自己喜歡的地方。懷著一個美麗的希望，再大的痛苦也可以承受了。

那兩年，我也確實度過一段美好的時光，交了許多朋友，玩了不少地方。雖然後來，我的病再度復發，兩腿的關節又一個個腫痛變形，無法行走，但我仍不灰心，也不絕望，我相信醫學不斷地研究進步，總有一天會對「類風溼關節炎」有徹底的治療方法。

即使真的不能好，我也不怕。人生除了健康，仍有許多值得追求，值得珍視的東西。一個人只要樂觀進取，永不屈服，前途必然一片光明喜樂。

希望，是一切力量的泉源。在我們的一生中，可能失去很多東西；然而，只要懷抱永不熄滅的希望，我們就可以不畏貧寒，可以面對苦難，可以重新開創我們的世界，可以勇敢地活下去！

力爭上游

國瑞弟帶著他的新娘來看我，看他滿面春風，嘴角甜蜜幸福的微笑，不禁想起從前：

第一次見到國瑞弟，是在他的病榻邊。他因神經炎與關節炎而癱瘓在床，由於長年躺著不動，脊椎骨及髖骨的關節都長死連接在一起，整個身子像塊木板似的一動也不能動，但更嚴重的卻是他心理上的「病徵」，他不敢面對自己的缺陷，怨天尤人，自暴自棄。我嚴正地告訴他，真正決定他這一生是否是個殘廢的，不是別人，而是他自己；如果他不肯幫助自己，就沒有人能幫助他。

他終於站起來了。撐著枴杖一跳一跳地學走路，咬著牙迎接別人奇異的目光，他發現這個世界仍然是溫暖友善的，只要你不去敵對它，心病霍然而癒。從此奮發進取，以同等學力考進大學，課餘又苦修多種外國語文，參加高、普考。在學校不僅功課好、人緣好，並且積極參加社團活動，熱心助人，更常以現身說法鼓勵和他相同命運的殘障青年，充分發揮了生命的價值與光輝。

反觀現今許多大學生，頭腦聰明、身體健康，卻張口「失落」，閉口「無根」，整天不是跳舞、喝酒，就是沉迷在麻將桌上，四年混下來，有的連信都寫不順，到底誰更是「殘廢」？

人生有如一條波濤洶湧的大河，有人力爭上游，有人隨波逐流，端看你採取哪一種人生態度。

孩子的世界

假日裡，小學生成群結隊地到山上郊遊。一個個快樂得像是剛出柙的小馬，歡騰的腳步在山蔭道上奔馳，四處都回響著稚嫩尖細的笑語聲，連山都震動了。我坐在樓頭看他們，一個小男孩愉快地和我「哈囉」了一聲，其他的小朋友也紛紛揚手招呼，可惜我的手痛，舉不起來，只有含笑點頭回應。多麼活潑可愛的孩子！

孩子的世界裡，充滿了愛與同情。一隻折翼的小鳥，病足的小貓，都能激發他們無限的愛憐，小心呵護。他們沒有貧富觀念，不懂利害衝突，即使是陌生人，他們也誠心樂意地付出一份友善。

孩子的世界也充滿了好奇與趣味。芳草年年綠，但他們仍然對小草的冒芽，小花的結苞感到新鮮奇妙。天為什麼常青，水為什麼常流，毛蟲為什麼變蝴蝶？對不懂的事物他們總不厭其煩地要追究、討論；不像大人那樣時時顧慮面子，處處講究尊嚴。

孩子也最無心機，最不知記恨。只要對他一點好，他便全心全意地回報你；孩子也最懂感恩，爸爸送件新衣，媽媽做道好菜，都會換來他一句由衷的「謝謝」！而當他們胸中漲滿無法言喻的情感時，不是也常以一句「我好快樂喲！」來表示對生命無盡的感謝與讚美。

當成人的世界逐漸世故老成，上帝便賜下這些天使，好叫我們多學一點純真和無邪！

點亮蠟燭

過年的時候，我突然收到一大包書，寄件人的姓名及地址都十分陌生，想了半天，也記不起有這樣一位朋友。這是誰？又為什麼要寄書給我呢？真叫人納悶！

懷著好奇不解的心情寫了封致謝信，也很快獲得回音，解開我心頭之謎。原來寄書的人是我一位朋友的朋友的朋友，我的天！竟然隔了好幾層關係。這位吳富炰先生是教育廳的督學，著作等身。他也是位虔誠的基督徒，他相信上帝賜下愛來，不是叫我們白白據為己有，而是希望我們把這份愛分散出去。

當吳先生聽到朋友談論時，想到我也喜愛寫作，卻行動不便，一定十分需要精神糧食，便輾轉打聽到我的地址，將他自己出版的幾本書寄給我。多麼溫馨的愛心，令人感動無已！我常覺得，一個活得豐富的人，必然熱愛生命，樂於付出，吳先生就是最好的例證。

很多人總以為這個世界虧欠了他們，千方百計要從別人那裡攫取一些什麼，他們永遠不滿足，也永遠不快樂！也有一些人卻努力要為這個世界盡一點心力，散發一點光熱，不論他們本身的能力如何，然而，即使一點小小的燭光，也能給他周遭的環境帶來些許溫暖和光明！

誠然，這個世界並不完美，「與其詛咒黑暗，何不點亮蠟燭」？願我們心中長明不滅的亮光，給我們的人生賜下無窮的希望和喜樂！

安慰的功課

我有許多年輕朋友，有的尚在念書，有的正在服役，也有的已經踏入社會工作。他們時常向我訴說一些心中的苦悶、感情的困擾，以及對前途的徬徨。很多時候，我分享了他們的喜樂，也分擔了他們的憂愁。

曾經有一個男孩寫過這樣一封信，他說：「劉姊姊，請妳原諒我總是寫一些『灰灰』的信給妳，在面對別人時，我必須拿出一些『金色』的東西，而我生命中這些『灰色』的部分就自私地給妳了，因為，我相信妳能了解。」其實，這個男孩很樂觀，也很堅強。但不論多麼豁達開朗的人，心中也難免會有不為人知的隱痛，許多時候，我們渴望找一個人傾吐一下，但有誰了解呢？又有誰能安慰呢？

許多年前，有一位長輩逃離大陸，她因過度思念留在大陸的兒女，導致精神輕度分裂，幾度自殺未果，母親將她接到家中療養。她常握著我的手泣不成聲，我不知如何安慰她，只有輕輕摟住她，讓她靠在我的肩上，希望以一份親情的溫暖撫慰她傷痛的心。分享別人的快樂很容易，然而，與哀傷的人一同流淚，卻是一門極為艱深的學問。

我從小脾氣暴躁，恃寵而驕，上欺姊姊，下壓弟妹，儼然家中的小霸王；但是，廿多年來，神讓我經歷了極大的苦難，破碎的心，以及無數哭泣的黑夜，這一顆剛硬的心方被錘鍊得較為溫柔細緻了。

安慰的功課往往是從眼淚中學習來的吧！

互相效力

在臺北整整住了十七年，舊居附近原是一片稻田草地，供孩子在其間追逐嬉戲。漸漸地，稻田不見了，空地沒有了；小巷打通了，馬路拓寬了。一棟棟公寓、百貨商店鱗次櫛比，將整個空間都壅塞住了。巷口十幾路的巴士站，交通四通八達。然而，隨著它的繁榮熱鬧，環境也愈來愈複雜混亂，車輛日夜在門口呼嘯，加上空氣汙濁，煤煙四處，真有「鬧市居，大不易」之感。

搬到山上後，第一個感覺就是太不方便，買個菜、洗個頭全得下山。尤其是班車有限，不小心錯過一班，往往就得在風中雨中佇立個把鐘頭，等得人心頭冒火。朋友也少來，生活突然寂寞不少。但是，山上環境幽雅，風景清麗，山光嵐影，鳥叫蟲鳴，空氣新鮮得像甘冽的清泉，使我們享受著無限的大自然美景。

天下的事情就是這樣，很難有十全十美的，有時候它的缺點也正是它的優點。當我們為街上的摩托車聲、隔鄰的麻將聲以及對門的電視吵得心煩意亂，恨不得自己是個聾子時，我們忘了，也正是這雙靈敏的耳朵，才能使我們聆聽林梢風的低語，小鳥的歌唱，溪水潺潺，以及情人甜蜜的呼喚！正如同一隻需要忍受糞坑臭味的鼻子，也同樣可以聞到玫瑰與百合花的香氣！

如果我們懂得「萬事都互相效力」的道理，我們便能化解生活中不如意的一面，繼而享受到更充實美滿的人生。

心的世界

許多人都以為一個長期臥病在床的人，一定性情暴躁，孤僻古怪。在他們的想像中，我不能像正常的孩子一樣奔跑跳躍，攜手結伴上學去；也不能像青春男女享受愛情的甜蜜，花前月下，海誓山盟的夢幻；我也無法到郊外踏青，看朗朗青天，湛湛碧水。我的世界黝暗狹小，有的只是無盡的病痛和呻吟，我應該是蒼白、羸弱的，憂鬱而寂寞的，及至見到我，才發現剛剛相反！

廿多年來，儘管我的行動不方便，然而，病困住了我的身體，卻困不住我的心。我愛家、愛朋友，也愛這個世界，大至中東戰火，越南難民，小至鄰家嫁女，朋友生病，我都關心！願意分擔他們的憂慮，分享他們的喜悅。我的小屋內也經常閃耀著親情的溫暖，友誼的芬芳，年輕人常親切地圍繞在我床前，笑語歌聲，話不盡的愛與祝福！

我的時間似乎總是不夠用，讀書、寫稿，給四處的朋友回信，或許再幫助年輕的朋友解決一些心理或感情上的問題，雖然忙，卻忙得很快活。當一個人發現他有能力付出的時候，那是一種安慰，我活得一點也不貧乏。

常見有些人表面上看起來似乎生活得多彩多姿，繁忙熱鬧，但他很可能是天下最寂寞的人，因為他把自己的心封閉了。愛是橋梁，使你和外面的世界息息相關。所以，親愛的朋友！不要怕你的天地狹小，不要怕你的環境孤單，你的心有多大，你的世界就有多大！

生機

母親從菜場買回來一截鋸好的樹枝，乾得像枯柴似的，聽說還是飄洋過海從巴西來的呢！真不知有什麼用處。她找了一個插花用的瓷缽，放了點清水，就將這截乾樹枝矗在裡面，過了沒兩天，上面突然冒出幾點半青半紅的嫩芽，接著抽條長葉，不到幾個月工夫，竟然茂盛如林，在客廳灑下一角綠蔭。可真是枯木逢春，令人嘆為觀止！無怪叫「鐵樹」，真有鐵一般的生命力。

我的弟妹是挪威人，家住北極圈，據她說，一年四季有三分之二的時間在冰天雪地之中，長長一個冬天，連陽光也沒有呢！每年三月，大地猶未解凍，番紅花便紛紛從層層積雪中鑽出地面，原野上展現一片生機，粉紅、淡紫、鵝黃的花朵和皚皚白雪相互輝映，蔚為奇觀！

小時候我住的那條街上，有家西藥房的二樓洋臺邊緣上，長了一棵木瓜樹，根鬚畢現，可能是飛鳥掉落的一粒種子吧！就在水泥牆的縫隙裡發芽生根，沒有泥土，僅靠一點陽光雨露，居然還長得青蔥茂綠，真是奇蹟！

植物的生命力實在驚人，它們總是那樣全心全力為生命奮鬥，任何惡劣的環境也不放棄生存的權利。相形之下，人類就未免活得太軟弱，太不夠積極了，不是抱怨環境，就是責怪命運，因循苟且，蹉跎大好歲月，白白辜負了上天的恩賜！在這陽春三月，萬物欣欣向榮之際，讓我們也向大自然學習吧！願我們的生命也蓬勃新的生機，無窮希望！

屢敗屢戰

年輕的男孩告訴我，他的高考又失敗了。他已經考了五、六年了，年年名落孫山，今年尤其可惜，僅僅國文差了兩分，怎不叫他懊惱灰心，真想就此罷手，不再考了，我鼓勵他再接再厲，不要放棄。人生道上，我們不怕「屢戰屢敗」，要緊的是能夠鍥而不捨，「屢敗屢戰」呀！

俗話說「人生不如意事十之八九」，在我們的生命中，常會遇到一連串的失敗，各樣的挫折打擊，有時真叫人失望至極，彷彿前途一點亮光也沒有了，殊不知這正是希望的開始呢！

愛迪生發明電燈，先後試驗了一千多次，每失敗一次，就使他的工作又向前推展了一步，對他而言，失敗正是通往成功的階梯呢！國父　孫中山先生為了推翻滿清，歷經十一次革命，前面十次看似失敗了，其實正因那十次起義，點燃了革命火花，方能在第十一次一舉成功。世上沒有一種失敗對我們是全然的損失，除非你自甘放棄。所以，失敗並不可悲，可悲的是我們不能記取失敗的教訓，不能吸收失敗的經驗。

在我與病魔的奮鬥史上，我也是位「常敗將軍」，面對頑強、不可捉摸的「類風溼關節炎」，真是「屢戰屢敗」，傷痕累累，至今全身的關節幾乎都告損壞，肩不能舉，腿不能行，手不能彎，就連一口硬點的麵包也咬不動；然而，我仍鬥志彌堅，越戰越勇，全靠這股「屢敗屢戰」的精神啊！

給我一張笑臉

主，請給我一張笑臉，一張真誠無偽的笑臉。

主，我常常因為憂傷而使自己的臉陰沉呆板，常常因為憤怒而使自己的臉扭曲難看。許多時候，我把失望掛在臉上；許多時候，我把對別人的不滿也掛在臉上。主啊！這些臉一點也不好看，一點也不受人歡迎。

主，我多麼需要一張笑臉，一張真誠無偽的笑臉。我希望因著這張笑臉而帶給家人一點溫馨，帶給朋友一些信賴，就是對那些素不相識的人，我也願意給他們一張友善的笑臉，好讓他們知道這個世界並不冷漠。

主，不單單是我，這個世界的每一個人也都需要一張笑臉，一張真誠無偽的笑臉。孩子的笑臉使人純潔，少女的笑臉使人青春；父親的笑臉給人自信，母親的笑臉給人安慰；老師的笑臉是一種鼓勵，而朋友的笑臉則代表了無限關懷的心意。主啊！許多時候，我們常常渴望看到別人的笑臉，然而自己卻不肯付出一張笑臉。

主，請給我們一張笑臉，讓我們以笑臉面對苦難的人生，以笑臉化解人與人之間的猜忌與隔閡。如果我們每個人都有一張笑臉，人間就不會再有爭鬥和混亂，這個世界將會變得更溫暖、更和諧，也更美滿。

但是，親愛的主啊！更重要的是求祢幫助我們，從祢那裡找到喜樂的根源。因為，惟有心底的平安與滿足，才能使我們擁有一張真正的笑臉。

春宴

春天在我窗外唱起一首歌。

小鳥在枝頭歌唱，溪水在谷中奔流；杜鵑花像怒潮一樣在山坡上洶湧澎湃！雲霧繚繞的山脈逐漸開朗，青翠欲滴的山色便像水一樣在你眼前流動；鮮嫩得如同初生嬰兒小手指一般的綠芽在山野四處迸現，這兒一點，那兒一指，枝椏上，草叢間，便有無數綠色的音符跳躍！

山腰中梯田已注滿禾水，農夫開始春耕。牛媽媽帶著小牛犢來了，牛媽媽在田裡忙碌著，小牛犢就在田埂上來來回回地跟著，不時「哞」一聲，伴和著農夫愉快的喝斥聲，這樣一個春天，安詳和諧，帶著甜蜜的盼望和喜悅。空氣中輕漾著一份專屬春天的氣息；澀澀的青草味，淡淡的花香，以及微雨初晴的泥土香。半空中有一隻看不見的指揮家的手在揮動，於是天地齊聲同讚：奇妙！偉大！萬古常新的春天！

哦！讓我們走出為自己建築的樊籠吧！走向郊外，走向鄉野，讓我們蒼白的皮膚親炙在溫暖的陽光下，享受清風的吹拂；呆滯的眼目重新領略青山綠水的曼妙，為城市烏煙瘴氣汙染的肺葉吸一點山野的清新；也讓我們的生命再接受一次春天的洗禮吧！

聽！春天正以歌聲向你招手，這是上帝一年一度新譜的曲子，你可願意共赴這春天的盛宴？

身病與心病

一位長輩去世了。說來幾乎令人無法置信，他是被自己嚇死的。

他有長年胃病，去年春天，胃痛轉劇，幾經醫治，也不見效，偏偏那一陣子大家談癌色變，他也疑神疑鬼。有次到某大醫院門診，不知那位年輕的大夫是不懂得病人的心理，還是拙於談話技巧，竟對他說：「你的病不用看了，再看也是這樣，還是回家好好休養吧！」他會錯意，以為自己真的得了絕症，登時嚇得魂飛魄散，心膽俱裂。從此天天以淚洗面，飯也不吃，覺也不睡，坐在家中等死。雖然他的家人一再勸他，並為他請了許多名醫複診，都說明不過是慢性胃疾，他卻疑心大家聯合矇騙他，不肯相信。就這樣，身體越拖越壞，終於以極度營養不良及心臟衰竭去世。死得實在冤枉！

有年我住院，同房一位病友，因家庭不幸，引起莫名的胃痛，醫院用盡一切方法，都檢查不出病徵，但她一口咬定自己的胃有毛病，天天吵著大夫開刀將胃割去，最後竟然以死要脅，在病房上吊自殺，多麼可憐可嘆！

我病了廿多年，飽受病痛折磨，但無人能從我臉上看出一絲病容，主要的是我從未把自己當做「病人」。一個人身體上的病痛猶可醫治，惟有內心的恐懼、憂慮、頹喪、消極，才是無可救藥的病根，只要我們在心理上不懼不憂，天下就沒有一種「病」足以威脅我們，打擊我們。朋友，你說是嗎？

媽媽燈

媽媽是一盞燈，照亮了家，也溫暖了孩子的心。

猶記得小學五、六年級，每晚總要補習到九點多鐘才能回家。雖然家離學校不遠，卻是在後門通往淡水的公路上，寂靜偏僻，同路的同學不多，因此，經常我都是獨自一人穿過幢幢黑影的教室，還有空曠無人的大操場，我的膽子又小，一路上真是心驚膽戰，一點風吹草動也會嚇得我落荒而逃。然而，只要跑出校門口，遠遠看見家裡的燈光，心裡立刻就暖洋洋、平安踏實了。看見燈，知道媽媽一定在家，惟有她記得將客廳的大燈打開，迎接晚歸的小女兒！媽媽就是那盞燈！

於是，我就成了一隻小小的飛蛾，繞著這盞媽媽燈打轉。媽媽到了廚房，就跟到廚房嘰嘰咕咕，媽媽上廁所，也要站在門外講話，小雞啄米似的，絮叨個沒完。儘管媽媽忙著，有一搭沒一搭地應著，但孩子還是滿足歡愉的。家裡有了這盞燈，外面再好的世界也不希罕。

住在臺北時，附近一個女孩放學後總喜歡來我們家，她的父親去世了，母親改嫁，她不願意回家，因為家中總是漆黑一片。很多人都知道我們家的年輕人特別多，只因這盞媽媽燈從不自私的只把亮光給自己的兒女，也照給那些需要的孩子們！在一年一度的母親節，我祝福天下所有的母親，願每一位母親都是一盞燈，一盞孩子心中永不熄滅的燈！

歌唱的雲雀

有一種鳥，總喜歡高飛在雲天之上，牠們的歌聲嘹亮婉轉，直達天庭，彷彿正向上天訴說什麼，這種鳥叫告天鳥，也叫雲雀。

四月六日晚間的青年佈道會中，先天失明的胡沐影小姐以她的歌聲做見證，訴說她對上帝的信賴，生命的喜悅。她自彈自唱，圓潤的女高音像山谷飛濺的流泉瀑布活潑輕快，長瀉千里，深深震撼了全場一萬多名觀眾，許多人都感動得流下淚來。

我忽然感受到自己恍如置身在一座美麗的花園，幽謐的森林，如茵的草地，鳥語啁啾，花香遍地，小溪像一首輕快的兒歌，一路灑著琤琮的笑語，天使在雲彩之間飛翔。在那裡，不再有痛苦、疼痛和眼淚，只有陽光、彩虹，無盡的希望，無限的喜樂！

我又聯想到那位有名的女詩人芬妮·考斯比，她也是自幼失明，然而卻滅不了她對生命的熱愛，她一生寫了八千多首聖詩，充滿信心，希望和愛，至今仍為人詠唱不輟，安慰了無數憂傷的心靈，也不斷帶給那些在苦難中掙扎。灰心失望的人力量和勇氣。

和沐影一樣，儘管她們看不見藍天白雲，青山綠水，甚至連最心愛的親人也看不見；但是，她們看見了比這一切更好的——她們看見了天堂的榮美，以及那位創造生命的主。

那晚，我相信上帝必然也聆聽到沐影如雲雀一般的歌聲。

基督使者

最近，我看了一本凱樂神父的傳記。

凱樂神父是美國人，一九〇〇年誕生在加州的歐克蘭，他從小就立志要念神學，雖然中間一度改行學商，但他發現，即使賺再多的錢，也遠不如救人的靈魂來得有價值。

凱樂神父是「基督化運動」的創立者。他認為每一個人都可以成為基督的使者，發揮基督博愛犧牲的精神。五十多年來，他四處奔走，藉著演講、著作以及廣播、電視的節目，呼籲世人「改造世界」。天下興亡，匹夫有責，既然我們生於這個世界，就有責任和義務將這個世界改造得更加光明完美。

「與其詛咒黑暗，不如點亮蠟燭！」這是凱樂神父奉為一生行事為人的圭臬。他希望每一個人都能點燃自己，照亮別人，給世界帶來更多的光和熱。他無論到什麼地方演講，所強調的字眼就是「你」。「不論你受到多麼狹窄的限制，你的能力多麼微小，你認識的朋友多麼有限，你的學識和經驗多麼欠缺，你還是可以做一些事情，這是別人無法替代你的。」是的，朋友！讓我們積極的生活，付出你的愛，伸出你的援手。即使是微不足道的燭光，也比一切黑暗偉大，只要我們多加強一分光明，就可以多驅退一分黑暗！

如果我們每一個人都能成為基督的使者，捨己為人，發揮愛的力量，那麼，基督天國的理想便能在地上實現。

世運精神

今年（一九七六年）蒙特婁的世運會，先是加拿大政府為了討好中共，竟然百般刁難，阻止我國與會。接著非洲廿餘國杯葛紐西蘭，也聯合退出。弄得世運會一團烏煙瘴氣，喪失奧林匹克在平等自由的原則下純以競技的精神。

談到世運精神，曾在東京世運會中連拿四項游泳金牌的美國選手史考蘭得說過這樣一段話：「世運會最要緊的是參加，不是輸贏。」他又說：「人生也是如此，不在乎勝利，乃在乎奮鬥，主要的是要『打』得好！（to fight well）」

這句話說得太好了。連得兩屆世運馬拉松長跑金牌的阿貝貝，原是非洲某國的無名小卒，這一下一舉成名，平步青雲，卻不想突然出了車禍，兩腿癱瘓，從此以輪椅代步，回想到從前的光榮戰果，不禁觸景生情，意志消沉，終日酗酒，不到幾年工夫，便鬱鬱以終。阿貝貝雖然在世運會上出盡了風頭，在人生的徑賽場上卻做了一名棄權者，徹底失敗！

另一位運動健將格倫．肯寧漢，七歲時一場大火，使他兩腿肌肉嚴重損傷，失去作用，醫生宣布他終生不能走路。但小小的肯寧漢卻不肯屈服，不斷地鍛鍊，從慢慢爬到可以走，可以跑，其間不知跌了多少跤，流了多少眼淚，最後竟然創造了世界一英里徑賽戶內與戶外雙重紀錄。面對生命的挑戰，他也「打」了同樣漂亮的一仗。

是的，人生不在乎勝利，乃在乎奮鬥。願我們都能持守這種態度，打美好的仗。

山與花

神造了山，覺得單調，便又造了花。

多麼完美的剛與柔的配合。山的肅穆，便有花的靈巧；山的雄偉，便有花的纖柔；山的沉默，便有花的巧笑倩兮！若是沒有花的相依襯托，山該是綠得怎樣寂寞呀！

春天的幕剛拉，杜鵑便迫不及待地登場了，生怕別人搶了她的鏡頭似的，開得那樣喧鬧放肆，滿枝怒放的花朵，霸住山徑的兩頭。玫瑰、扶桑、大理也爭相吐豔。小雛菊爛漫一地，在五月的黃梅天，她們就替代了陽光。

接著，相思樹與千年桐也細緻地綴滿一樹金黃和雪白的花朵，一陣風過，宛如灑落一地的碎金碎銀。

八月的蟬聲裡，紫薇花在風中一路裊裊婷婷地笑著。波斯菊昂首挺立，哦，她們大概是九成九九的黃金鑄成的吧！還是將盛夏驕陽的光彩都收集到自己身上來了？

秋露深了，轉眼之間，山野間便開滿了薑花，空氣中輕漾著一份淡淡清雅的香氣。桂花也悄悄吐露她們細小甜蜜的花蕊，柔弱得叫人憐愛。哦！掬一把桂花釀點蜜露吧！不知可也能得一點天地靈氣？

翻白的蘆花，搖曳來多風多雨的冬天，許多花都憩息了，許多草都睡了，惟有聖誕紅以她迸出鮮血般的熱情，向大地訴說她的愛慕，在這樣一個清寂的季節，帶來一點希望和溫暖。

花是山的言語，終年四季訴說著神的華美榮耀！

霧

山上，雲多，霧也多；一到冬天，就好像住在雲中霧裡。

有時候，雲是雲，霧是霧；有時候，雲霧一家，混沌不分。我坐在窗前，常常可以看見如煙似的輕霧自谷中嬝嬝升起，如絲如縷。剛剛還是朗朗乾坤，青色山脈猶向你招手含笑，霎時便白茫茫一片，山在虛無縹緲間，彷彿真有仙樂風飄處處聞呢！打開窗子，它們便像不請自來的客人，施施然、悠悠然地登堂入室，真想掬它一把，做一枝棉花糖，有薄荷的清涼，有梔子花的芬芳，化入肺中，不知怎樣的涼爽滋潤呢！

霧裡的山也特別靈秀飄逸，有種國畫山水淡遠清幽的意境。霧輕時，遠山近樹煙雲繚繞，迷離婆娑；霧濃時，滾滾翻騰，洶湧而至，真有「驚濤裂岸，捲起千堆雪」的氣勢呢！有霧的天氣，我的窗櫺便成了歷史博物館的畫廊了，今天或許是王維、倪雲林，明天說不定就換了黃君璧、張大千了。

我愛霧！曉霧瀰漫，有如蒙著輕紗的少女；夜霧朦朧，就像擁著重裘、準備赴宴的貴婦。我尤愛霧中的燈火，一圈暈黃，忽遠忽近，如夢如詩。冬夜裡，母親常上山頂聚會，走在山蔭道上，真好像騰雲駕霧一般，煞是有趣！

上帝在造霧時，不知可也放了點女性的柔媚狡黠，孩子的精靈刁鑽，恁地變化多端，叫人無從捉摸哩！

生命　生命

夜晚，我在燈下寫稿，一隻飛蛾不斷地在我頭上飛來旋去，騷擾著我。趁牠停在檯前小憩時，我一伸手捉住了牠，我原想弄死牠，但牠鼓動著雙翅，極力地掙扎，我感到一股生命的力量在我手中躍動，那樣強烈！那樣鮮明！這樣一隻小小的飛蛾，只要我的手指稍一用力，牠就不會再動了，可是那翅膀在我手中掙扎的生之欲望，令我震驚，使我忍不住放了牠！

我常常想，生命是什麼呢？牆角的磚縫中，掉進了一粒香瓜子，隔了幾天，竟然冒出了一截小瓜苗，那小小的種子裡，包含了怎樣的一種力量；竟使它可以衝破堅硬的外殼，在沒有陽光，沒有泥土的水泥地上，不屈地向上茁長，昂然挺立。

雖然，它僅僅活了幾天，但那一股足以擎天撼地的生命力，卻令我有種肅然起敬的感動！

許多年前，有一次，我借來醫生的聽診器，聆聽自己的心跳，那一聲聲沉穩而規律的跳動，給我極深的撼動，這就是我的生命，單單屬於我的。我可以好好地使用它，或是白白蹧蹋它，我可以使它過一個更有意義的人生，或是任它荒廢虛度，庸碌一生，全在我一念之間，我必須對自己負責。

雖然肉體的生命短暫，生老病死的過程也往往令人無法捉摸。但是，從有限的生命發揮出無限的價值，使我們活得更為光彩有力，卻在於我們自己掌握。

從那一刻起，我應許自己，絕不辜負生命，絕不讓它自我手中白白流失。不論未來的命運如何，遇福遇禍，或喜或憂，我都願意為它奮鬥，勇敢地活下去。

永恆的價值

在西洋的畫家中，我特別欣賞法國的印象派大師雷諾瓦，他對色彩的運用，對光韻的捕捉，都有獨到的手法。我尤愛他畫的少女和小孩。纖柔典雅，眼波如水，彷彿隨時都可以從畫中走出來。看他的畫，總給人一種明朗歡愉的感覺。

據說雷諾瓦也患有關節炎，到了晚年，全身的關節都壞了，只有坐在輪椅上繪畫，他的畫架也是特製的，有活動的軸可以將畫布升降移動。由於兩手的關節都告變形，無法拿筆，就將畫筆綁在手上，朋友看他作畫如此艱苦，問他何不放棄，他回答說：「痛苦會過去，美會留下。」他至死都沒有放棄他的畫筆，他就死在他的畫架旁。

多年來，我的右臂因一直不斷寫作而腫脹不堪，常常痛得無法彎曲，只有把手放在桌沿上用力壓回來，而頸部和背部的關節也往往因為低頭太久不時向我提出嚴重抗議，每在這種時候，我就不自覺會想起雷諾瓦這句話，他留下的豈止是藝術的美，更留下了生命的美。在那樣艱難痛苦的境況中，他仍然堅持對美的追求，努力地創作，這種對生命執著和熱愛的精神遠比他不朽的名畫更值得我們尊敬推崇。

是的，有一天痛苦會過去，眼淚也會過去，一切的不幸都將隨時光消逝，但我們生命中還有一些永恆的東西可以留下，只要我們肯，我們總能留下一些什麼。

一顆珍珠

朋友自香港帶來一串珠鍊送我，光澤柔和，渾圓美麗。我不禁出神地看著，這樣圓潤可愛的珍珠難道真是由一粒粗糙的沙礫形成的麼？當小小的蚌安詳地憩歇在海底，突然一個打擊臨到牠，一粒沙子嵌進肉中，痛得牠昏天黑地，牠抗拒不了，排斥不了，只有強忍著撕裂一般的痛苦，撫著傷口，一點點分泌出光滑的雲母質來層層包容這個侵入牠生命中的「苦難」。年年歲歲，漫長的忍耐，無盡的辛酸，那一粒醜陋的沙礫已變成美麗的珍珠。眼淚化作歡笑，痛苦的代價成就了榮耀的光彩。

在十九世紀的初葉，法國的路易斯・勃萊爾幼年時眼睛意外受傷，被一根針刺中，不幸失明，飽受黑暗摸索的痛苦。他有強烈的求知欲，卻受不能閱讀之困，為了克服這點障礙，也為了造福其他和他同樣命運的盲人，他一再地研究試驗，忍受無數的失敗挫折，終於在一八三四年，以針在厚紙上刺出符號，發明了盲人專用的點字法，這是一項突破性的大貢獻。同樣是一根針，曾經使他失去光明，卻也因此帶給億萬盲人光明和希望，多麼奇妙的轉變！

很多時候，我們只看見不幸的表面，流血的創口，受傷的心；我們只會埋怨、訴苦、哀憐不滿。不知道通過苦難的試鍊，痛苦的經歷，淚水的洗滌，神會使一個無用的生命發出不朽的光輝，粗糙的沙礫變成無價的珍寶。

翡翠屏風

我的小屋後樓就建築在山之涯，下臨幽幽谿谷，谷中一彎清溪潺潺流過。小溪的對岸是另一座山峰，和我遙遙相對，宛如一道翡翠屏風環立在我窗前。

對山半腰上，是一片梯田，田中有棟三合院式的小茅屋。一截短籬，幾架瓜棚；門前的木瓜樹長年四季結實不斷。由於山中清寂，兩山之間又毫無阻隔，農家的一切活動都歷歷在目，聲息相聞。

清晨，天才曚曚亮，就聽見農家的雞啼聲，接著一縷炊煙裊裊升起，孩子們循著山路上學去了，女人洗著衣服，一件件晾在竹竿上，男人們也下田操作了。

山上的稻子一年兩熟。我看著他們耕作、撒種、插秧；也看著青青的秧苗長大、結穗，終於飽滿地垂下。農家上上下下開始忙碌，男人女人一起下田，收割的收割，打穀的打穀，孩子們也在一旁逐狗趕雞，那份熱鬧和忙亂，雖然隔著遙遠的距離，也深深感染了我，令我分享到他們收穫的喜樂！

晴天時，陽光灑滿山谷，好像潑下一桶熱奶油，山野樹木閃耀著一片金綠色的光彩，有如米勒和塞尚的田園油畫。而雨天，雲霧繚繞，朦朧暗澹，竹籬茅舍，若隱若現，你又會懷疑是否走入唐宋山水古畫裡了。

我曾看過故宮乾隆皇帝的象牙屏風，哪裡及得上我這座翡翠屏風鮮活逼真，還帶有四季的變幻呢！

快樂頌

貝多芬一直是我喜歡的音樂家。他一生坎坷，飽受各樣的波折打擊，尤其折磨最深的是他的耳疾。在他早期的作品中，似乎不時流露與命運搏鬥的痕跡，不屈的意志。但等到他的耳朵完全失聰之後，內心的世界反而更加澄明寧靜，所有的只是對生命無盡的讚美和感謝。聽聽他那首多麼莊嚴歡暢的「快樂頌」吧！常令人有種泫然欲泣，不能自已的感動。正如羅曼．羅蘭說的：「世人不曾帶給他快樂，他卻把快樂分享給世人」。貝多芬是苦難者的朋友。

同一時期的另一位藝術家戈耶也患有耳疾。他是西班牙的大畫家，甚受當時宮廷的器重，尤以所繪的兩幅著衣及未著衣的「阿爾巴公爵夫人」畫像，聲名大噪，流傳至今。戈耶晚年因病成聾，使他陷入一片孤絕的世界，畫風大變，筆下人物不再充滿歡笑，一個個扭曲變形，陰森可怖，有如妖魅鬼怪，令人不寒而慄。似乎他內心怨憤已極，惟藉畫筆將他對人世的憤慨以及對生命的厭憎宣洩出來。

同樣的遭遇，同樣的打擊，為什麼卻產生不同的人生態度？那是因為有的人敢於面對苦難，繼而戰勝苦難，超越苦難，如同越煉越純的精金，將自己提升出來；有的人卻陷入苦難不能自拔，如同黑繭一樣將自己層層困住，看見的只有痛苦、不幸，和暗無天日的世界。

讓我們也學習從苦難中發出讚美的歌聲，透過漫天風暴，層層陰霾；雲層之上，必有天使應和。

李伯伯

李伯伯來了。

尚未進門，就已聽到他中氣十足的大嗓門。爬了好長一段山坡，一點也不面紅氣喘，快八十的老人了，身子骨還挺硬朗的呢！

不清楚李伯伯的人，或許以為他不過是個看守公廁的糟老頭，不知道李伯伯年輕時也曾顯赫一時，領過大軍，做過縣長。卅八年撤退時，他千里迢迢遠從西北護送長官的眷屬來臺，而不得不將自己一家老小撇下。在那樣一個兵荒馬亂、人人自顧不暇的時期，他的肝膽義行，令許多人感動和欽佩！

來到臺灣，由於種種原因，他無法復職，但他毫無怨尤，耿介的個性又不願拍馬鑽營，靠自己的勞力，他打石子，擺地攤，做小工，活得虎虎有生氣。年歲漸老，不再適宜四處奔波，他以一級貧民的身分申請到這份看守公廁的工作，依然做得十分起勁，毫不懈怠，不以為恥。

李伯伯為人樂觀風趣，談古論今，妙趣橫生，一點也不讓人覺得他老。每次我們去看他，他總請我們去他的「辦公室」小坐，我們就愉快地坐在公廁前和他一同五毛一塊地賣起手紙。從李伯伯身上，我們真正體會到一個人的環境可以單調，但心靈不能單調；生活可以貧乏，但思想不能貧乏；工作可以低賤，但人格不能低賤。

我們深以有這樣一位朋友為榮！

永不放棄

有個女孩大學畢業，本想考研究所，報了名又變卦不去應試，我問她為什麼？她回答說：「啊！考不取的。」我慨然無語。類似的這種話我從年輕人口中聽到的太多了，「報名的人這麼多，怎麼考得取？算了吧！」「這份工作實在太難，不要做了！」「這場比賽鐵輸，乾脆棄權好了！」沒有經過嘗試，就輕言放棄；沒有經過努力，就自承失敗，這是怎樣的一種人生態度！

但這個世界上仍有許多在絕地中求生存，在逆境裡奮鬥不懈的人。八百壯士死守四行倉庫，明知以一支孤軍如何對抗日本數十萬槍砲大軍，但仍不肯放棄職守；文天祥明知以一己之力如何挽大宋江山覆滅之狂瀾，仍不肯投降；耶穌明知各各他之路將使他面臨十字架的苦刑，仍然勇敢地走下去。他們不是傻瓜，不知珍惜生命，謀權應變，而是堅持原則，即使在無可指望的時候也要盡心竭力，絕不屈服妥協。他們活得心安理得，死得光榮壯烈；留下了千秋典範，不死精神！

人生總難免遭遇一些挫折打擊，我們怎能因一點失敗就灰心，一點阻難就放棄？更可悲的是那些尚未上陣就先豎起白旗的人生逃兵！我病了廿多年，飽受病魔摧殘，忍受了許多外人無法了解的痛苦，儘管醫學目前對我的病依然束手無策，我也要堅持努力活下去，絕不放棄！

人生的戰場上，我寧可力戰而死，也不願不戰而屈！

蓮霧

我一直在奇怪，對面山坡上那一大片樹叢是什麼。

去年初夏，我剛搬到後樓的小屋時，看見它們發了一樹的嫩芽，在滿山的鬱鬱蒼蒼中顯得那樣鮮明活潑。今年卻只見開了滿樹的小白花，花謝之後，結了許多紅紅的小果子，我又在納悶，那是些什麼果子呢？有人猜是時鐘果，有人說是桔子，看看都不像。

昨天，小弟睡起午覺，拉著他的小新娘，爬下山谷，涉過小溪，才發現那是一片蓮霧樹林。他們向農家買了一大袋剛從樹上摘下的新鮮蓮霧，順便又在溪邊摘了一把薑花。這兩天，在滿室的清香中，我細細咀嚼著蓮霧的滋味。

蓮霧其實並不好看，也不香甜；在琳琅滿目的夏季水果中，毫不起眼，但它的汁液極多，在溽暑的三伏天，吃一只蓮霧，竟也覺得滿口生津、沁涼無比。但誰會看重這些山野的土產呢？送禮時，人們寧可花昂貴的價錢，買那些舶來的蘋果和水梨，儘管包裝豪華漂亮，然飄洋過海，早已變質走味，吃在嘴中，套一句母親的形容詞「真好像嚼棉花套子」。實在還不如一只蓮霧來得滋養可口呢！

在茫茫人海中，也許我們就是這樣一個沒沒無聞的小人物。容貌既不出眾，才智也不突出；沒有顯赫的家世，沒有可以炫耀的背景。然而，只要我們謹守本分，隨時不忘幫助他人，化生命的火熱為滋潤他人的瓊漿。那麼，就是做一只小小平凡的蓮霧，又有什麼不好呢？

自憐與自重

很多朋友都說我的字寫得很好，筆畫很有勁道。不知道我以前的字有多醜、多蹩腳。由於我整條胳臂的關節都壞了，從肩、肘、腕，一直到十隻手指頭都是又腫又痛，握筆在手，真有千鈞之重，一手字寫得歪歪扭扭不說，而且向右下方傾斜，有人竟以為我是用左手寫字的。

有一天，一位函授學校的老師在我的作業上批改，說我的字惡劣古怪，十分難看。當時我真覺得委屈，很想向老師解釋一番，但繼而一想，世上有一些無手的人，用他們的嘴或腳趾也能練出一手好字，為什麼我就不能呢？可見「天下無難事，只怕有心人」，有很多事不是我們做不到，而是沒有毅力恆心，不肯去嘗試。

更何況，一個人如果因為自身的缺陷便處處要求別人對他忍讓原諒，那麼，基本上他便已經先將自己看低了。

從那時起，我開始慢慢練字。到今天，我肩不能舉，肘不能彎，十指變形，寫字時，只有在腿上放塊小木板，低著頭，弓著背，一筆一筆艱難地寫著，寫不多久，手臂就往往痛得無法動彈，即使抄一個劇本也須費時一個月呢！但我並不以為苦，因為，這對我也是一種考驗，一種挑戰！

生命的潛力無限，你失去一部分，上帝就會在另一方面加倍補充。失明的人往往記憶力特別強，嗅覺和觸覺也比別人敏銳，正是這個道理。怕的是你不敢面對自己的缺陷，一味的自憐和抱怨。要知道，一個對自己都沒信心的人，叫別人如何來尊重你呀！

愛的力量

有次觀賞一段動物影片，看到一隻野鵝為了衛護牠剛出生的小鵝，不惜和前來侵犯的山狗搏鬥，只見牠怒張著羽毛，一邊「呱呱」憤怒大叫，一邊鼓著雙翅猛向山狗撲去，山狗凶惡地咆哮著，但牠毫不畏懼，一次次地衝過去，羽毛根根飛落下來，那種奮不顧身的拚命法把山狗也震嚇住了，最後只好放棄小鵝，悄悄撤退。愛的力量多麼偉大，竟使一向溫馴膽小的野鵝，敢於對抗凶悍頑強的敵人。

我的母親年輕時外向好動，喜歡遊山玩水，但是，為了長期臥病的我，廿多年來，母親足不出戶，扶持我、照顧我，近幾年由於我全身的關節都壞了，從洗臉吃飯等一切大小事情都得靠母親幫忙，她從早忙到晚，但毫無怨言，始終露著快樂的笑容。為了愛，母親甘於放棄一切的娛樂和享受，也樂於承擔一切的辛勞和犧牲。

而我，雖失去健康，然而，正因為父母的愛，手足間的親情，以及朋友們的關懷，給了我與病魔奮鬥最大的勇氣及支持的力量，我怎能讓愛我、關心我的人失望傷心？因為愛，生命就有盼望，有喜樂；就可以忍受一切，勇敢地活下去！

愛就是力量。耶穌為了愛人類，無懼於十字架的死刑；七十二烈士為了愛國家，拋妻別子，冒險犯難，獻出他們的頭顱和熱血；史懷哲為了愛非洲民族，放棄了他在文明社會的地位和優裕生活，獻身於蠻荒野地，雖苦猶樂。愛的力量無堅不摧，可以化軟弱為剛強，化眼淚為歡笑；可以面對一切的苦難，克服一切的阻礙。愛是生命的原動力，我們可以失去一切，永不能失去愛。

認識生命

在我初病的那幾年中，我曾度過很長一段黯淡的歲月，一個活潑好勝的人長期被禁錮在病床上，面對日益惡化的病情，逐漸變形僵硬的關節，來自身體上的病痛猶可忍受，更可怕的是來自心靈的折磨。對前途的茫然，對自我的否定，一個既失去健康又失去求學機會的長期病患，活著有什麼意義呢？生命存在的目的又在那裡？

但是，當我認識那位創造生命的主宰，我也開始認識自己。生命的本質是何等的莊嚴神聖，不論貧富貴賤、老弱傷殘，每一個生命在神眼中都有他特定的價值。神造萬物，各有其用，神絕不要我們輕視自己。在我們的一生中，可能失去很多東西，但沒有誰能否定我們生命的尊嚴和價值，也沒有什麼能剝奪我們對生命的熱愛和追求；因為，生命的本身便是神最大的恩賜。

也許我們活得很平凡，也許我們的才智有限，但我們還是能做很多事情。上帝看重的不是我們有多少能力，而是我們肯不肯竭盡所能地發揮出生命的光和熱。我曾輔導許多身體傷殘的孩子，教導他們不僅要「認識生命，尊重生命」，更要「發揮生命，創造生命」。如今，有的孩子已經長大，成家立業，在社會上小有成就，我為他們高興，也為他們驕傲！世上有什麼比看到一張愁苦的臉會笑了、一個自暴自棄的生命變得奮發有為更令人欣慰滿足的？生命是這樣美好，值得我們為它奮鬥努力！

我也同樣祝福那些在逆境中掙扎、奮戰不懈的朋友，讓我們堅持對生命的熱愛和尊重，相信我們不論處在任何艱難的環境中，都能活得光彩，活得有力！

神的作為

「人有悲歡離合，月有陰晴圓缺，此事古難全。」一九百年前，蘇東坡就有這樣的感嘆了。的確，人生充滿了缺憾，總難得有事事如意的時刻。然而，這一切都是毫無意義的嗎？《聖經》上說：「萬事都互相效力」。沒有缺月的襯托，如何顯出滿月的豐盈？沒有今年的花謝，如何滋生明春的盼望？若我們不曾經歷「失去」的辛酸，怎能體會「獲得」的甘甜？不曾破碎的心房，如何了解幸福的含義？沒有失敗的痛苦，哪有成功的喜樂？

如果天空總是一樣的藍，如果四季都是春天，如果我們的生活天天相同，一成不變。不再有黑夜，不再有風暴，不再有別離和死亡，那將是怎樣的一個世界呢？我們將永遠沒有盼望，永遠不懂什麼是感謝和讚美，永遠無法獲得喜樂和滿足，也永遠不了解什麼是愛和生命！

神的作為，人常常無法測度。惟有通過苦難的橋梁，我們的生命力方能與祂密切契合。有一首詩歌，詞曲皆美，令我非常喜愛，曲名就叫「神未曾應許」：

神未曾應許，天色常藍，
　人生的路途，花香常漫，
神未曾應許，常晴無雨，
常樂無痛苦，常安無慮。
神卻應許，生活有力，
　行路有光，做工得息，
試煉得恩助，危難有賴，
　無限的體諒，不死的愛。

陷阱

英國的倫敦塔原是囚禁政治犯的監牢。在一間囚室的石牆上，有位犯人刻下這樣的一句話：「殺人的不是逆境，而是遇到逆境時那種消沉煩躁的心情。」至今歷時三百年，牆上的刻痕仍在，給觀光客留下無限憑弔的感慨。

恐怕很多人都不知道，魔鬼撒旦攻擊人類最有效的武器不是憤怒、驕傲、嫉妒和怨恨，而是微不足道的沮喪和失意。它們會悄悄侵襲到你心中，一點點瓦解你的意志，消蝕你的信心和勇氣，使你落入毀滅的陷阱而不自覺。

當災難初次打擊到一個人時，他第一個反應往往是懷疑，「這會是我嗎？」他不敢相信噩運會突然降臨到他身上，繼之是憤怒，「為什麼偏偏是我？」他覺得不公平，別人都活得好好的，卻由他來承受這樣的痛苦和不幸，他憤怒、怨恨、詛咒，恨不得把全世界都毀滅。但是，當這一切都無法改變事實，他開始感到惶恐、不安、無助；沮喪和失意的毒菌便漸漸征服了他，使他消沉、自暴自棄，抱著一種聽天由命、自生自滅的消極態度。到了這種地步，實際上他的心已經死了。

在每個人的一生中，誰都避免不了遭遇一些挫折打擊，一些讓我們傷心流淚的時刻。但我深信，人生的苦難雖多，生命的韌力卻比這一切更堅強，只要你下決心好好地活著，你就能好好地活下去。生存的本能是上帝賦予人類極大的權利，只是很多人都未曾發揮。

不要放棄自己，勇敢地接受生命的挑戰。有一天，我們可以老死、病死、窮死，但絕不要允許自己失望而死，消極而死！

歡樂時光

前兩天，在報上讀到郭文圻寫的一首活潑可愛的小詩，〈再見，夏天！〉描述孩子們在夏天所享受到歡樂時光，充滿童稚的喜悅，對夏日的依戀，也隱含時光一去不返的悵惘。竟使我也勾起一些甜蜜溫馨的回憶了。

我的一生充滿苦難與辛酸，惟有童年，是用全然的愛與歡樂譜成的。猶記得長春美麗的冬天，雪花片片，打雪仗，堆雪人，穿一身大紅毛線衣坐在雪車上飛馳而過，長長的歡笑聲灑在晶瑩的雪地上。

也記得漢江連綿的帆影，江邊浣衣的少女。每日黃昏，父親總要帶我去江邊散步，欣賞落日晚霞，然後彎到「愛蒂」吃一份冰淇淋或雞茸湯。母親特為我做了套小軍裝，小馬褲，小馬靴，和英挺的父親穿的一般模樣，一路行去，不知多少人駐足觀看。

搬來臺灣後，弟妹們相繼出世，家境比較清苦，但每逢週末假日，父母再忙，也要帶我們去公園轉轉，在如茵的草地上打幾個滾，鞦韆盪得比天還高，兩毛錢買一枝枝仔冰，坐在涼快的石凳上聽滿樹的蟬鳴，日子輕悠得像天空的雲絮，生活的困窘不曾在我們快樂的心田飄下絲毫的陰影。

夏天的夜晚，我們端著小板凳到學校的操場乘涼，數算滿天的繁星，追捕出沒的流螢。有時，父親借一輛腳踏車載我們在廣場上兜圈子，我們又緊張又興奮，「格格」的笑聲把黑暗都逐退了，我們活得一點也不貧乏。

夏天逝去，童年不再。然而，感謝父母給了我一個豐富的童年，歡樂時光，常在我記憶中閃耀著金色的光彩。

重擔

在歐洲某地，有一座橋梁，橋身狹長，是附近幾十萬居民對外的主要交通要道。有一年，暴雨成災，河水氾濫，眼看著這座橋梁就要被洶湧的洪水沖毀，大家都焦急萬分，束手無策，若是橋斷了，後果將不堪設想。最後，還是一位老工程師想出了一個方法，他調集了許多輛的大卡車，每輛車上都載滿石頭，全部都開到橋上，橋身由於承受了這些重量的鎮壓，終於使得基礎穩固下來，在湍湍急流中屹立不搖，沒有被洪水捲去。

在從前那種木造的古老帆船中，艙底都有幾塊重逾數百斤的壓艙石，不懂的人就會奇怪，船輕點不是走得更便捷輕快嗎？為什麼還要增加船的負荷量？然而，就是因為這些石頭，使得船身穩定，不致在風浪中飄搖傾覆。你看，這些重擔正成了穩定重心的力量，使得小小的船隻也可以承受狂風巨浪的襲擊。

人生也是一樣，許多時候，我們的生命充滿了痛苦與眼淚，我們埋怨、訴苦，不明白上帝何以要這樣苦待我們？我們真是覺得身上所負荷的擔子太重了，豈不知這些重擔正是上帝特意加給我們的，為的是好叫我們也有力量去抵抗來自生命的洪流和波濤。

壓力越大，反抗的力量也越大；負擔越重，也越能激發我們產生抗衡的勇氣。願我們化苦難的重擔為奮鬥的力量，使我們的生命更加沉穩有力，足以抵禦風雨，乘風破浪，向我們的人生前程挺進。

詩心

那年，我的腿病剛剛復發，心情黯淡。有天，我有事經過一條長巷，夜已很深，路上只有我一人，艱難緩慢地走著，一種孤寂滄涼的感覺充塞在胸臆。忽然，我無意中抬頭看到天上一輪明月，那樣渾圓豐盈，清幽的光輝傾瀉在大地，整條長巷都變得亮燦燦的，像鍍了層銀似的。剎那間，我忘了腿痛，忘了路長，只感到天地是如此靜謐迷人，溫柔美麗。那一片銀輝深深溶進我心中。

還有一次，我和幾位年輕人聚完會從教堂出來，對面公寓有人在拉小提琴。在淒迷的夜裡，琴音浸在星光月色中，像水一樣輕柔婉轉，如詩如夢。我們不由自主地在臺階上坐下來，細細地聆賞。不知是否剛從教堂裡領了一顆純淨的心，只覺琴音是那樣曼妙動人、扣人心弦；穹蒼是殿，大地為椅，不知人間天上。後來才聽說，演奏的原來是司徒興城先生。

妹妹買了幾盆小杜鵑，花朵只有拇指大。早上起床，看到陽臺上的杜鵑開了，小巧的花，細緻的蕊，蕊上密密一排針尖似的露珠，顫巍巍的，在朝陽下閃閃發光，晶瑩美麗，嬌小玲瓏，美到極致，讓人愛憐得心都疼了。

我就是這樣，喜歡將生活中一些滴滴點點收集起來。一片月色，一縷琴音，一朵小花，一張微笑的臉，一句溫馨的話語，一對關懷的眸子……我活得十分富有。

哦！在人生的旅途上，別讓我們走得太快，因為許多美好的事物往往在匆匆忙忙中被遺落了。給我們一顆詩心，隨時不忘拾掇一些美的片段，愛的亮光，歡笑和歌聲，好將我們的生活編織得更加豐富美麗！

小歌手

睡夢中，忽然一連串美妙悅耳的歌聲將我驚醒，清脆婉轉，音符像水一樣自窗外流溢進來。我知道，又是那些小歌手在練嗓子了。

在臺北住了十七年，說來可憐，我只聽懂麻雀的叫聲。因此，搬到山上後，滿山的鳥鳴帶給我極大的新奇和喜悅！在我窗外的陽臺下，有一棵高逾兩、三丈的千年桐，枝葉繁盛茂密。清晨，天才矇矇亮，小歌手們就聚集在上面大展歌喉，有嗓音低沉雄厚的男低音，有高亮圓潤的女高音，還有活潑俏皮、語音清純的小童子。有時他們一問一答，好像二重唱，有時又百家爭鳴，變成混聲大合唱。有天早上，不知來了何方高手，獨唱了好長一段「詠嘆調」，每一節最後的音符都是用顫音唱出來的，聽得人迴腸盪氣，比起卡拉絲的花腔女高音也毫不遜色呢！

小歌手們十分害羞，人一出來，他們就驚惶地飛走了，偶爾他們也會怯怯地在陽臺上探探頭，可惜我始終叫不出他們的名字。有種白底黑花的鳥，尾巴很長，總是夫妻雙雙出現，形影不離。還有種小翠鳥，灰綠色的背，嫩黃色的腹部，光看那副外表，就已經是件至高的藝術品了。常見的還有一種黑姑娘，小巧玲瓏，披一身黑緞禮服，偏偏小嘴卻塗得鮮紅鮮紅，惹人愛憐。聽說也有很多畫眉鳥，但至今仍緣慳一面，「只在此山中，雲深不知處」。

我稱那棵千年桐為小歌手們的「米蘭歌劇院」。躺在床上，也能欣賞到世界最偉大的演唱哩！

畫

凡是到我家的朋友，一進門，就會看見客廳的牆上掛著一幅畫，色彩明朗活潑，格調新穎，十分引人注目，那是一位多才多藝的主內兄弟姜增亮先生送我的。他以重疊透視的畫法，使得畫面呈現一種羅馬教堂古老窗畫的韻味，看似古典，卻又十分現代。

這幅畫也蘊含著深奧的意義。天庭下，自然和諧，草木蔥蘢，萬物欣欣向榮，一彎清泉潺潺流過，滋潤著大地，彰顯出造物主的恩典，生命的喜悅！

其實，人生不也像是一幅畫嗎？我們先勾勒出藍圖，為自己的一生打下底稿。布局有如我們的人格，是高超是低俗，是光明磊落或是晦暗曖昧？我們每人不同的個性、性情如同不同的筆法畫派。但不論我們人生的畫是屬於古典或現代，抽象或寫實，工筆或潑墨，最重要的是我們必須有自己的風格——也就是生活的原則以及追求的理想。不模仿，不假造，不隨波逐流，不敷衍苟且。

色彩的運用象徵我們生活的內涵和人生態度。如果我們心中有光有愛，如果我們對生命充滿樂觀進取、積極向上的精神，那麼，這幅畫必然是色彩高雅，光明喜樂，令人心曠神怡！相反的，我們的敗壞、自私、嫉恨，我們對現實的不滿，對生命的厭憎也會使畫面黯然慘淡，流露出灰色悲觀的色調，或是五色雜陳，怪異恐怖，讓人一見就討厭。別人很容易從畫上看出我們的思想和為人。

我們都有這樣的一幅畫——生命的畫。我們要使自己成為怎樣的畫，全看自己怎樣揮筆！

自求多福

弟弟一位同學撞火車自殺了。他正在念研究所，正當年輕有為，前途無量，但不知為什麼，他卻活得一點也不快樂，就在碩士學位即將到手的前夕，他結束了自己青春光彩的生命，多麼可惜又可嘆！

一位朋友在少女時代就為自己的終身大事立下了理想條件。而後，她也果真達到了她所要求的一切。溫柔體貼的丈夫，幾個活潑可愛的孩子。婚姻美滿，衣食無缺。誰知她卻越來越覺得生活呆板乏味，心裡空虛，卻又不知該抱怨誰？只有鬱鬱寡歡地活著，每天以鎮靜劑度日。當初她所切切追求的，竟然絲毫不能帶給她滿足。

而我，失去健康，失去求學的機會，在一個女孩最寶貴的青春年華，我也只有病痛與針藥為伴，但我卻活得十分起勁，充滿朝氣。反倒是許多健康的人常向我訴苦，把他們的難處向我請教。到底所謂的幸福應該具備什麼條件，或是以什麼標準去衡量？同樣的生活，同樣的環境，有的人甘之如飴，有的人卻無法忍受，誰能給幸福下一個明確的定義呢？

人矻矻營營，總以為要獲得一些什麼才能「換取」幸福，豈不知幸福並非建築在任何外在的因素上，而在於心裡的平安、喜樂和滿足。放鬆心情，笑口常開；不怨天尤人，不患得患失；處順境時不驕不奢，處逆境時不憂不懼，對自己要有信心，對別人要有愛心，豐富生活內容，多做有益活動。能具備這些，你便已經得著幸福的祕訣！

境由心造，自求多福，幸福原是要靠自己去追尋、去掌握的啊！

天籟

在臺北中崙鬧區住了十幾年，門口是交通要道，屋頂又衝著飛機航線，每天就像生活在一只百音俱雜的大喇叭箱裡，吵得人昏天黑地。初初搬到山上時，附近只有兩戶人家，靜得在屋內講話都有回音，不耐寂寞的父親從屋前走到屋後，屋左繞到屋右，不停地說：「太靜了！太靜了！」

但在寂靜中，我漸漸聽出許多聲音。屋後的小溪，終日琤琤琮琮唱著溫婉純樸的山歌，似乎月下正有位可愛的村姑抱著七弦琴輕輕彈唱哩！然而，一場暴雨，就惹翻了她的脾氣，只見她跺著腳，氣勢洶洶直奔而下，群山震動，有如萬馬奔騰，山谷中便又回響起一首雄偉壯觀的交響樂！

還有那小鳥的歌聲，他們是快樂的小天使，在樹林裡唱著自己的歌，那樣無憂無慮，怡然自得，每當我心情煩躁時，他們的歌聲便如一隻輕柔的小手，拂去我心頭的陰霾。一隻小小的鳥兒，也不放棄對生命的歌頌呀！

知了是山裡的唱遊詩人，無奈而悲涼地唱著古老的詩歌，是在哀悼生命的短暫，還是感嘆世事的無常，他們總是飄忽而來，飄忽而去，不曾留下一絲痕跡！

夏夜的蟲聲是一首熱鬧的兒歌，像一大群活潑的孩子，把他們的歡笑灑在草叢間，細嫩的嗓音，充滿了童稚的喜悅！昨天，一隻頑皮的小蟋蟀跳進屋內，在我腳旁唱了一首他自己作的小夜曲！

多麼奇妙的音樂殿堂。風在林梢呼喚，雨在山中低吟；如果你的耳朵再靈敏點，你還能聽到草籽迸裂，小樹發芽，花朵綻放，以及星星們喁喁私語的聲音呢！信不？

感恩的日子

每年的十一月，有個悄悄不為人注意的宗教節日：感恩節。這原是美國最早的移民為了紀念他們經過與草莽叢林、紅番野獸搏鬥之後，仍能安身立命、五穀豐登而獻上對上帝感恩的日子。

其實，這不應該是我們每一個人的節日嗎？在年終歲暮的時刻，獻上我們一年的感謝。首先，為我們所愛的國家感恩，今天，我們依然頭頂朗朗青天，腳踏青蔥大地，呼吸著自由清新的空氣；我們可以隨意到肉攤上割兩斤肉，到小店扯幾尺布，到南部走一趟拜訪親戚，我們不必繳布票、驗路條；我們也可以自由自在地進學校，求取知識，或是按照興趣找一份自己喜歡的工作。而不必擔心下放、勞改。難道這些都不該感謝麼？

在臺灣，我們有四季不斷的花香，終年常青的山脈；我們有吃不完的各色水果，香糯可口的蓬萊大米；我們也有價廉物美的衣料，四通八達的交通。在舉世的混亂、飢餓和戰火中，究竟能有幾個國家的百姓享有我們這樣安定的社會、富裕的生活呢？我們還不該深深感謝嗎？

為我們的家庭和朋友感謝吧！親情友誼於我們是多麼大的安慰和鼓勵。也為我們的健康，所享有到的良辰美景感謝。為這一年我們所學到的經驗，所經歷的事物感謝。或許我們曾遭遇一些不幸、挫折和打擊，但我們知道，萬事都互相效力，沒有一種災難會造成永遠的損失，除非我們自認失敗，自甘放棄。我們仍應感謝！

最後，在所有的感謝之上，讓我們也獻上對造物主的感謝吧！為祂賜下的這一切。

新生

今年山上的薑花開得特別美、特別茂盛。

薑花是秋天的花。七月裡，薑花開得還不多，新婚的小弟和弟媳常過溪去摘，總是瘦伶伶的幾枝，想是還未到完全盛開的時候。誰知八月初畢莉颱風來襲，風狂雨暴，天地都彷彿為之動搖了。風災之後，我舉目觀望，山野一片凋落，那些小白花全不見了，心裡不免有些惋惜，看來花還是嬌弱的，禁不起一點風暴。

沒想到過了一個多月，那些被摧毀的薑花重新發出嫩芽，片刻之間，山坡野地就開遍了密密麻麻的薑花，像一張美麗的繡花地毯從山腰蜿蜒鋪下，直到立冬，蘆葦都長出來了還沒謝。原以為這次風暴對它構成致命的打擊，不想卻勃發它更多的生機，開得比往年都好，真令人不可思議。

我的妹妹是學園藝的，常見她拿著大剪刀在家中的小庭院四處修剪。花謝後，她修剪得更加勤快，毫不容情，有些花樹常被她剪得只剩下光禿禿的一截短枝，令我不免興起「婦人之仁」，心痛不已。她說得好，今年惟有先把老枝剪去，明年才能多發新芽，花苞結得又密又實，花才開得又大又漂亮。看似損害，卻是幫助。

人也是一樣，一場病痛，一次危難，常令我們有恍若重生的欣喜感覺。上帝既然知道什麼樣的風暴和損傷對大自然有益處；那麼，對於祂心愛的兒女，祂也往往藉著許多苦難的打擊、心碎的痛苦來造就我們，使我們的生命不斷滋生新的力量，活得更豐富、更成熟，也更加的蓬勃有力！

星夜

夏天的夜晚，我總喜歡拉開窗簾睡覺；這樣，午夜夢醒，滿天的星斗便彷彿在眼睫上閃爍！

是否因為經過白晝烈日的烤灼，夏夜的星星便特別閃現出如同水鑽般的光輝？當西天桃色的雲彩漸漸地淡了，他們便像一個個小頑童似的，眨著烏黑晶亮的眸子，偷偷地笑著。每在這種時候，就叫人想起那首永遠唱不厭的兒歌。

一閃一閃亮晶晶
滿天都是小星星
掛在天上放光明

好像滿天小眼睛

是的，在滿天星光閃爍中，隱藏了多少童年的歡笑和幻夢。在那些個清涼的夏夜中，好風如水，清景無限，我們搬著小竹凳，依偎在父母身邊，團團坐在院中，吹一曲短笛，唱一首小曲，揮一把小扇，捉幾隻流螢，娓娓地訴說著古老的神話，時光輕柔得像風，像水，緩緩在我們心底流淌，不知不覺，我們便合著星光，一起墜入夢中。

也記得父親怎樣教我辨認天上的星座。可惜我記性不好，惟一沒忘記的就是北斗七星和北極星。因為，父親曾說，北斗七星像是一隻向前指路的手，手指的尖端就是北極星。北極星位向北方，一年都能看見，古代的旅人就靠著它來校對方向，指引迷途。

在我們的人生旅途中，不是也需要一顆永恆不變的星嗎？一顆真理的星，當我們迷失徬徨時，可以讓我們矯正偏差，為自己找一個正確的方向，做為我們人生奔跑的指標。

不進則退

近幾年來，我的健康情形日益惡化。先前還可以緩慢扶著東西行走，還可以做簡單的家事，如今別說走路，連一杯水也端不動，洗個臉也得勞動母親幫忙。因此，醫生想盡各種治療方法，只希望能使我的病情先穩定下來，他半開玩笑地說：「妳的病不退步便是進步。」

醫病如此，但我覺得做學問卻剛剛相反：「不進步便是退步。」我初病時，不過十二歲，拖著病體勉強念完了小學，就再也沒有跨進過學校的大門一步。眼看著兄弟姊妹都有學校可讀，求知欲迫使我不得不發憤自修，我曾經是教育電臺的空中學生，每天清晨六點鐘收聽齊鐵恨老師的「古今文選」，整整三年沒有中斷。

冬天寒流來時，有時實在捨不得離開溫暖的被窩，但想到我已失去健康，若再不肯奮發上進，那就真是「廢物」一個了，我不敢有一絲懈怠。

我從小喜愛文藝，生病後興趣自然朝這方面發展，我報名參加「文藝函授學校」，學習寫作的理論和技巧。說來好笑，我的第一篇「大作」竟然連段落也不會分，全篇從頭至尾「一氣呵成」。我也開始練習投稿，從小說、散文到各類劇本，不停地寫，也需要不停地吸收各種知識，充實自己。弟妹朋友以及書報刊物、廣播電視都成了我請教和學習的對象，真可以說人人皆老師，事事皆學問。我時時記住一句話：「學如逆水行舟，不進則退。」

其實，人生可學習的東西太多了。學到老，學不了。我們不怕沒有可念的學校，只怕沒有可學習的心呀！

生命的價值

今年（一九七五年）是法國音樂家拉威爾誕生一百週年紀念。

拉威爾是一位印象派作曲家，生平所寫的曲子極多，在他的作品中，有一首樂曲是我十分喜愛的，那就是C大調左手鋼琴協奏曲，這首樂曲也同時包含了一則感人的故事。一位才華橫溢的年輕鋼琴家保羅·惠根司坦在戰火中失去了他的右手，他為從此不能繼續他的演奏生涯而痛苦，拉威爾知道了這件事，便特地為他作了此曲。流露出一代宗師恢宏的器度與愛心，也激勵了那位年輕人的信心與勇氣。當你聽到這首活潑熱情、技巧圓熟艱深的鋼琴曲時，絕難想像是出於一隻手的演奏，它似乎在默默告訴我們，「天下無難事，只怕有心人」。

許多年前我曾看過一部電影「金石盟」。片中的男主角在一次意外事件中，為庸醫所害，鋸去雙腿，使他意志消沉，痛不欲生。他的好朋友質問他說：「難道你的生命僅限於這一雙腿嗎？」這句話有如當頭棒喝，使他頓然了悟生命的意義不在我們有形的外體，而在我們對生命的真誠熱愛。從此以殘缺之體從事福利事業，終至成功。

神在創造生命的同時，也賦予人類許多可貴的特質，無限的潛力，只是有時候人慣於把自己局限在一個狹小的世界內。失去健康，便覺人生無望；事業失敗，便感心灰意冷；愛情受到打擊，就以為整個世界都要毀滅。難道我們的生命真是這樣貧乏可憐麼？

生命可值珍貴的東西太多了，我們怎能因為僅僅失去其中一部分就對整個生命的價值發生懷疑呢？

今天

主，感謝祢所賜給我的今天。

每一個今天，在我的生命中都是一個獨特而嶄新的日子，不同於昨日，不同於明朝，是特為今天的我預備的。主，我感謝祢。

今天的生活或許有風有雨。但是，主啊！求祢使我在漫天的風雨中仍然有盼望有忍耐，相信烏雲終會消失，陽光必能重現。

今天的路程或許有坎坷有不平。但是，主啊！求祢使我在崎嶇的旅途中仍然有信心有勇氣，不輕易放棄，也不輕言退卻。

今天的世界或許有黑暗有紛爭。但是，主啊！求祢使我在舉目的荒涼中仍然有愛有憐憫，不計較別人的冷漠，只求付出自己的一份光和熱。

主啊！我願將今天的時光交託在祢的手中，求祢看顧我的生活，帶領我的腳步，也賜給我足夠的愛，來溫暖這個世界。

主，我珍惜祢所賜下的每一個屬於我的今天。求祢不叫我沉溺在昨日的回憶中，也不陶醉在明日的幻想中，只為今天而努力，因我深知今天一去，永不復返。

永不嫌晚

我的小弟媳從小喜歡塗塗抹抹，隨手畫幾隻小貓小狗，都十分酷肖，但因環境的關係，升學的壓力，一直沒機會正式拜師學畫。最近，為了準備出國，她辭職在家，閒來無事，就去跟一位國畫老師學山水，老師大為驚訝，讚賞她有天分，只可惜她出國在即，時間太短，我們深為她沒能及早學習而惋惜，她脫口而說：「It is never too late to start.」

是的，只要開始，永不嫌晚。一位朋友的爸爸，五十幾歲自軍中退伍後，重又進入大學讀書，後來又赴美深造，等拿到博士時已是兩鬢白髮，但他思想觀念不輸少年，不斷地吸收新知識使他保持一顆永遠年輕的心靈。一位媽媽操勞了一生，兒女都長大成家立業後，興致勃勃地去學鋼琴，儘管手指已不靈活，親友識她「八十歲學吹鼓手」，但她依然學得十分起勁，自得其樂，彷彿又回到少女時代。

華德・迪士尼明知身罹絕症，不久人世，依然開始籌建「迪士尼樂園」，雖然沒來得及看見「迪士尼樂園」的落成，但由於他的及時開始，留下了無數的歡笑給世人。愛迪生六十八歲時，一場大火燒燬他全部事業，他的兒子擔心他晚年經此打擊，從此一蹶不振，不想火還沒完全撲滅，愛迪生就已經開始籌劃新廠了。他的成就在於把握每一分鐘，絕不浪費！

多少時候，我們將時間浪費在蹉跎感嘆中；多少時候，我們總覺得太老而無法學習，殊不知老的是我們的心境而不是年齡。我們忘了，只要開始，永不嫌晚！

施與受

教會的牧師到歐洲訪問，歸途中順道到耶路撒冷一遊，帶回許多聖地風光的幻燈與圖片。

他先到「死海」，發現那兒真是荒涼空曠，草木不生，毒辣的太陽照射在湖面上，升騰起一股鹹溼的腥味。由於湖水中鹽分過高，不僅沒有魚蝦，連根水草也不生，放眼看去，鳥不飛，魚不躍，天地一片死寂。真是名副其實的「死海」。

但是，順著約旦河向北走，一直到「加利利海」，風景迥然不同，草木蔥蘢，五穀豐登。湖中的魚產極為豐盛，打魚的人家就住在湖邊。湖上帆影點點，漁歌晚唱，自然安詳和諧。湖水也滋潤著兩岸的土地，良田阡陌，牛羊成群。碩大的葡萄每串需要兩人才抬得動。正像《聖經》上說的，這是一塊流奶和蜜的好地方。

其實，加利利海和死海都是屬於約旦河的兩個湖泊，但為什麼其間有著這樣大的差別呢？那是因為前者的湖水有出有入，終年流動，因此產生足夠的氧氣和養分滋養生物；而後者卻只有入口沒有出口，湖水在長年烈日的蒸發下淤積發酵，以致生物滅絕。

想想看，做人不也是如此嗎？一個懂得接受也懂得付出的人，必然是積極樂觀，充滿了生命的活力，愛人也為人所愛。而那些處處斤斤計較，自私吝嗇，只受不施的人恐怕終久也會像那死海一樣，沉滯發臭，死氣沉沉，令人厭而遠之，不敢領教。

勝敗之間

我們一家都是棒球迷。每年棒球季來臨時，弟妹們總是老早備妥許多點心零食，屆時將我由臥室推了出去，閤家團團圍住電視機邊看邊吃邊談論。去夏大弟出國，臨行前沒有對家人說一句惜別的話，反而遺憾地說：「可惜，今年看不成棒球轉播了！」其痴迷之深真叫人啼笑皆非！

看了多年的棒賽，我深感「人生如球場，球場如人生」，勝敗之間，變化莫測。有些弱隊，一上場就大輸特輸，誰也沒把他們瞧在眼裡，但他們不氣餒，不灰心，合作無間，力爭上游，一次次過關斬將，最後往往以敗部冠軍的資格起死回生，取得了決定性的勝利。反倒是許多一致被看好的強隊，開始時所向披靡，一路領先，卻犯了驕傲狂妄、輕敵大意的毛病，加上內部紛爭，爭權奪利，以致演出完全走樣，一敗塗地，慘遭滑鐵盧，眼看到手的冠軍就這樣白白地失去了，實在可惜！

就像有的人看似一時失意，或歷經憂患滄桑，或飽受波折打擊，然而，越是艱困的環境越是能培養出一個人堅忍不拔的個性，奮勇上進的勇氣，繼而扭轉厄運，為自己開創新的人生。而有的人或許一時飛黃騰達，志得意滿，不可一世的樣子，但是，若處得意而不知收斂，處成功而不知謙卑，居安而不知思危，那麼眼前的榮耀往往很快就為他人取代，轉眼成空。勝敗之間，十分現實。

所以，失敗並不是一種打擊，而是激勵；苦難並不是一種損失，而是磨練。只要我們不因失敗而灰心，不以苦難而喪志，以不屈的意志，不變的信心，莊敬自強，激勵奮發，終必能反敗為勝，失而復得。

愛情　愛情

一個女孩告訴我，她又和男朋友吵架了。他們認識三年，相愛三年，也不斷吵吵鬧鬧三年。這份感情既捨不下，也割不斷，卻深深折磨著她。她問我：「愛情真是這樣令人痛苦的嗎？」我想是的，不成熟的愛情確實是令人痛苦的。

上帝在造了第一個人亞當之後，怕他孤單寂寞，又給他造了個伴侶夏娃。上帝給人的第一種人際關係就是夫妻，第一種感情就是愛情。因此，談情說愛，結婚生子，只要是正大光明的，都是神所喜悅，蒙神賜福的。

無可否認的，男女兩性不論生理、心理都不相同，再加上不同的生活環境、家庭背景，難免在思想、個性、脾氣、嗜好、觀念上都不一樣，親密地相處在一起，怎能不引起分歧和摩擦？而上帝就是要我們在這些分歧和摩擦中學習包容和寬恕，溫柔和節制，謙卑和順服，愛不僅僅是彼此相悅，更是彼此尊重，彼此信賴。愛情也是長久的忍耐，全然的犧牲，不止息的付出。什麼時候我們能學會愛的功課，我們就成熟到足以享受愛情甜美的滋味。

本省人把妻子叫「牽手」，這不知是誰發明的？真可以得諾貝爾文學獎。試想，和你一生攜手同行，相互扶持的，除了你的老伴還有誰呢？難捨難分，恩愛纏綿的年輕情侶固然令人羨慕，但有什麼比執手無語、含情脈脈的白髮老夫妻更叫人心動的？他們的愛情經歷了一生的歲月，早已融入對方的生命，合而為一。

愛情！愛情！愛情的功課雖然難學，卻值得去學，是不？

生命的旋律

收到報社轉來的妳的信，我不禁深深嘆息，僅僅左腿上一塊因火傷留下的小疤痕，竟使妳自慚形穢，不敢交朋友，不敢談戀愛，連一絲少女的幻夢都不敢有。妳形容自己是一株憂鬱的小草，沉溺在憂鬱之海無法自拔。從妳的信中，我可以體會到妳內心的創痛之深。似乎，那一塊小小的疤痕不僅烙在妳的腿上，也烙在妳的心上。我忍不住要為妳抱屈和遺憾，難道只為了這麼一點小缺陷就使妳生命的曲調瘖啞、停滯了？多麼叫人惋惜！

記得十年前，高雄市有位患有小兒痲痺的女孩，她沒有受過多少教育，就在鬧區中擺設一個織補絲襪的小攤位，靠著自己的雙手自力更生，毫不自卑，那一張盈盈的笑臉給許多人都留下極深刻的印象。還有蔣桂琴小姐，在她和癌病的對抗中，表現了大無畏的勇氣，即使在面對死亡的威脅時，也了無怯意，他們的人生多麼像是一首吹著號角的戰歌，充滿高昂的鬥志，令人振奮！令人鼓舞！

曾聽過這樣一個故事。小提琴家帕格尼尼在一次演奏會中失竊了他名貴的琴，卻被換上一具破舊的給他，他為了要證明音樂不在樂器裡，而是在音樂家的心中，就拿起那具拙劣的破琴用心地演奏，果然支支曲子悠揚悅耳，觀眾深受感動。人生又何嘗不是如此呢？真正的生命流自我們的內心，不在乎外面軀殼好壞，主要的是看你如何去「演奏」！

好女孩，別再憂鬱了，調整妳的心弦，好好為自己奏一曲生命之歌吧！相信那必然是支優美動人的旋律。

手的故事

我曾有過一雙美麗的手。白皙柔軟，十指纖纖，許多人都羨慕、讚賞過，我也深以擁有這樣一雙手為榮。然而，曾幾何時，十指的關節一個個在病魔的侵蝕下逐漸腫大、彎曲、僵硬，變得古怪而醜陋。望著這雙不再美麗的手，我常不免黯然神傷！

直到我聽到一則有關手的故事。德國的大藝術家杜瑞，從小就有天分，然因家貧，無力拜師，只有去做學徒，和另一學徒極其友好，兩人都有志到巴黎去學雕塑，卻都限於環境，難展抱負。最後兩人商議，由其中一人做工供養另一人留學進修，學成後再彼此交換。對方讓杜瑞先去，可是，幾年後當杜瑞功成名就歸來時，卻發現朋友的一雙手因長年的粗活變得粗糙笨拙，再也無法做精細的雕塑了，杜瑞為之痛心不已。但就在當天夜裡，他卻聽見好友這樣的禱告：「主啊！感謝祢，當初先去的是杜瑞。」杜瑞捧著這雙為他犧牲的手，感動得流下淚來。他把這雙手畫了出來，這就是那幅名畫「祈禱的手」的來歷。

蔣故總統經國先生也曾提到，在他小時，蔣公常常訓示他，做人不要掌心向上，向人乞憐，要隨時不忘掌心向下，給人幫助救援。這兩個故事給我極深的啟示。

雖然我的手不再美麗，但我希望它多學習一點付出的功課，在別人危難時及時伸出援手；但願這也是一雙懂得安慰的手，禱告的手。那麼，就是它的外表再醜點又有什麼關係呢？

上帝的畫室

「呀！快來看呀！」

坐在窗前，我一疊聲叫著。弟妹們急急忙忙衝了進來，我指著遠處的山峰：「看！好美的晚霞！」他們頓時像洩了氣的皮球，沒好氣地瞪我一眼：「少見多怪，每天不都是一樣的嗎？」

每天都一樣嗎？不，我記得很清楚，昨天就不一樣，前天也不同；搬到山上兩年了，我從來就沒看過重複的晚霞，它們總是那樣千變萬化，多彩多姿。有時天邊像是飲醉了酒，紅暈滿頰；有時卻只薄薄撲了層粉，輕妝淡抹。還有次山頭幾朵黑雲，金色的光線像箭一樣從雲隙中射出來，襯托著黑色的雲彩有種華麗的高貴感！冬天雲層較厚，天空常呈現一片深淺有致的紫羅蘭色，面對這樣美麗的「大餐巾」，我的晚飯總是吃得又愉快又舒坦。

其實，大自然時時都在轉換著它的面貌。你見過同樣的一片葉子嗎？你見過四季不變的山嗎？就連天上的星宿每天也以不同的模樣出現。有天晚上，我忽然看見一輪金色的月亮，金燦燦的，又圓又亮，把我希奇了半天。

有人說，春天也是一樣的，不過是鶯飛草長，不過是花開花謝，怎麼會呢？去年的花早已化成了軟泥，前年的種子早已長成小樹。年年春天都有她流行的新裝！

在上帝的畫室裡，沒有一片雲是相同的，沒有一朵花是一致的，沒有一次的晚霞是一成不變的。是否因為我長年困居病室，接觸的大自然太有限了，以至於對一點點雲天的變幻都覺得驚奇可喜？果真如此，我也算是因禍得福了。

護身符

一位朋友要去拔牙，幾天前就開始緊張起來，寫信來要我為她禱告。臨去的那天，全家大小三代護送著她，如臨大敵。把弟妹們笑壞了，「這點小毛病也大驚小怪！」

這也不怪弟妹，他們從小到大，看見姊姊與病魔奮鬥，再大的痛苦也不輕易呻吟流淚，以為別人都該像姊姊一樣。猶記得那年開腿，醫生問我怕不怕，我說不怕，他說：「好，那就給妳半身麻醉！」手術檯上，我和醫生護士們聊天談笑。刀開完了，醫生舉起我的腿，要我看看他的「成績」，同時還謝謝我，因為他從來沒有動過這樣輕鬆愉快的手術。這件事哄傳整個醫院，許多人都好奇地跑來看我，以為我是什麼三頭六臂的女超人。

其實，我並不是天生這樣勇敢，我從小受父母寵慣，十分嬌嫩，除了是個「人來瘋」之外，膽子奇小，怕鬼怕黑，怕各樣的小動物，連隻小雞都不敢摸。生病後，我第一次離開家，獨自住在醫院裡，各種複雜的檢查治療都是我從未經歷過的。父母太忙，無法陪我，我又孤單又害怕，晚上蒙著被子不知哭過多少回。有次做骨髓穿刺，看見醫生端著雪亮的刀剪，我恐懼得全身發抖，牙齒「格格」戰得連我自己都清晰可聞。但是該來的總是要來的，怕也沒用，只好把眼一閉，心一橫，「引頸待戮」，結果竟然發現並不如我想像的那樣可怕。從那時起，我漸漸了解對付苦難最好的方法不是逃避它，而是面對它，擊敗它。我的膽量就是這樣一次一次被磨練出來的。

經過苦難的淬煉，我們無形中好像戴上了一道護身符，使我們在以後的人生道上，可以不畏橫逆，勇往直前。

挑戰

對我來說，二十多年來的病痛生涯有如一場長期抗戰。每一天都面臨著新的挑戰。

在所有的病症中，「類風溼關節炎」是出了名的難以捉摸。說它和天氣有關吧！偏偏有時萬里無雲的豔陽天，它也大痛特痛；有時前一刻鐘還是好端端的，突然之間痛楚便排山倒海，席捲而來，真是來無影，去無蹤，好像練過功夫的武林高手。別說醫生摸不清它的來龍去脈，就連我這個身經百戰的老兵，也對它防不勝防，不得不隨時提高警覺，全日備戰。

二十多年來，我沒有睡過一天好覺，也沒有一時一刻不在疼痛中。我將痛分成五級，「小痛、中痛、大痛、巨痛、狂痛」，家人常開玩笑地問我：「今天是幾級痛啊？」真好像報漁業氣象似的。但別人看我臉色紅潤，笑容滿面，何曾有一絲「病容」？只因不斷的挑戰，長期的磨練，使我領悟到生病猶如打仗，你不怕敵人，敵人自然莫奈你何。自從我發現「疾病」再也威脅不到我時，心境豁然開朗。

而更大的挑戰來自內心。眼看著美麗的臉龐因藥物的副作用變得腫脹難看，全身的關節一個個僵硬變形，周轉不靈，難免引起心理上的自憐和傷感。更加上長久臥病，精神上的厭煩和頹喪都是看不見的敵人，需要警惕和防範。我深深了解到世上沒有一種苦難、一種打擊是我們所無法抗衡、無法克服的，除非你不敢面對它！

真正的困難和障礙不在外在的因素，而在你心理上的恐懼、怯懦、消沉和失望，這才是我們最大的敵人。你什麼時候能戰勝自己，什麼時候就能戰勝環境，戰勝命運。

路

一位朋友初次上山來看我，一路上只見山又陡路又窄，再加上許多急轉彎，嚇得她心驚肉跳，深恐司機一個把持不住，車子就衝下山谷了。我對她說，越是危險的道路越是平安，因為司機會加倍的小心。不見那舉世聞名的蘇花公路，危巖峭壁上鑿出一條曲折小徑，下臨波濤洶湧的太平洋，稍有閃失，乘客就都得葬身海底餵大魚了。但這一條路卻極少有車禍紀錄，可說是最安全的公路之一。

我的大弟是學土木工程的，修橋補路是他的專長。他告訴我，高速公路最早是由美國人發明的。美國人什麼事都講求新，講求快，修馬路也不例外。開始時，他們以為把路修得又平又直，車子開起來像飛似的，一定能節省不少的時間。因此一條路修得比尺畫的還直，往往幾百哩都能「一眼望到底」。誰知路修好了之後，卻不斷地出事，車禍連連，使他們大感奇怪。仔細研究的結果，才知道一成不變、過分平坦筆直的道路最易造成司機視覺上的疲勞和精神上的倦怠。從那之後，高速公路都做了適當的坡度和彎度。真個是應了咱們中國的一句老話「欲速則不達」了。

人生的道路也是如此。一帆風順的人生固然是種福氣，卻難免使我們的生活單調平凡，久而久之，意志鬆懈，心神渙散，而崎嶇坎坷的路途卻需要我們集中精神，心無旁騖，全力以赴。更何況還能領略到「峰迴路轉、柳暗花明」的情趣，雖然驚險，卻也不虛此「行」呀！

我看青山

每日清晨，只要一拉開窗簾，那一片青山便躍足而入。

我的小樓就建築在山邊上，隔著一道小小谿谷，對面青山便如綠色屏障一般將我緊緊環住。我天天坐在窗前看它、研究它，也享受它。

山，雖是長年不凋的青，卻是一點也不單調乏味。濃綠、墨綠、蒼綠、嫩綠交織成一座深淺有致的山。初夏的時候，相思樹吐出它們黃色的細蕊，於是滿山的青翠中便濡染了一片片的檸檬黃；秋天了，許多變葉木迸裂出一些金黃和絳紅的色彩；到了春天，山野的小精靈更是特別活躍，四處亂竄。說也奇怪，也沒看到那棵樹落葉子，卻在一夜之間，突然換上一襲鮮嫩的新裝，像是變魔術似的，令人目瞪口呆，措手不及。

山上的樹有松樹和相思木，還有一些我叫不出名字的「怪」樹。有種樹發芽時，高高冒出一根光溜溜的枝幹，像是插了一山的牙籤，還有種樹的葉子背面是白色的，風一來，它們便像輕俏的康康舞女郎，翻出裙子下的襯裡給我看。許多時候，當我凝眸，青青山脈常在我眼前化為一汪碧綠的湖水，白鷺以優美的弧線滑落「湖」邊，天地悠然和諧，靜謐無聲，蘊含無限生機。

煩躁時，我便看山，山的沉穩給我平靜；軟弱時，我也看山，山的剛毅給我力量；快樂、憂傷時我更要看山，它總給我不同的發現，不同的領悟。我感覺到這座青山已逐漸融入我的生命，納入我心，終年流溢著不絕的生趣。

付出笑臉

許多朋友來看過我之後，都說他們印象最深刻的，就是我的一張笑臉。有位女孩形容我的臉有如萬里無雲的晴空，使她身心都覺得舒暢起來。其實，我從小性子急，脾氣躁，常常生氣發怒，至今家中還留有幾張蹶嘴瞪眼的小時照片。長大後，雖然脾氣被病磨去不少，但有時仍不免「故態復萌」，板著一張臭臉。老友石吟有次就直言不諱地說我：「看妳平日這張臉也挺溫柔可愛的，怎麼生起氣來這樣難看？」她的話使我深自警惕。再美麗的面孔也會因為怒氣變得醜陋不堪。

經常保持一張笑臉，使別人往往忽略我是一個病人，也使我忘掉自己的不幸。

我喜歡看到一張快樂的臉，不論是我自己的，還是別人的。對於那些臉上肌肉從不牽動的冷面孔，我總有一種趕快逃避的念頭。

有次住院，隔壁病房有位中年太太，終日板著一張面孔，對誰也不理不睬，別人對她也是敬鬼神而遠之。一天早晨，我去做水療，在走廊上遇到她，那天我一定是心情太愉快了，竟脫口對她說了聲「早啊！」只見她一愣，眼中露出一抹驚訝，嘴角輕輕抽動，也遲疑地向我道了聲「早」。自那以後，我們由點頭之交漸成朋友，晚上病友們到我房間聊天時，她也常參加一腳，雖然仍不多說話，卻不再把自己「武裝」起來。從她身上，我發現有些人並非冷漠，而是天性保守，不善於表達感情。對他們，我們不是更應該先付出一張笑臉嗎？

讓我們的笑臉猶如冬日的陽光，多給這個世界帶來一些溫暖和希望吧！

聖誕夜

那一年，我參加了兩處的傷殘機構，輔導了大大小小近百位傷殘兒童。教他們做手工，練習走路，玩遊戲，帶他們郊遊；也分擔了他們小小心靈的快樂與愁苦。

聖誕節到了，我們煞費苦心地為孩子準備節目。沒有經費，幾位輔導老師只好自掏腰包，買一點糖果，用色紙給每人黏一頂花帽子，我把家中一隻塑膠製的聖誕花環搬了來，掛在牆上，聊為點綴，實在寒酸得很。

正巧那個時候，我在一處作家茶會上認識了嚴友梅女士，她是位童話作家，會看故事書的孩子，沒有不知道她的。我心中一動，為什麼不邀請她來和孩子們一起過節呢？她竟然一點大作家的架子都沒有，欣然地答應了。

那晚，嚴女士和她的先生女兒一起來了，還帶了好幾本她自己寫的故事書。我原以為她會對孩子們訓點話，說些什麼「努力上進，殘而不廢」的大道理。誰知她卻童心大發，趴在地上和孩子們大玩特玩起來，一會兒「王老先生有塊地」，又是雞叫又是狗叫，一會兒又學老婆婆上街，彎腰駝背，好不逼真熱鬧，嚴女士不僅文章寫得好，更有表演天才，把孩子們笑得前仰後合，差點沒樂瘋了。而我卻哭了，躲在後面的小房間內淚流滿面，我從來沒有看見孩子們這樣快樂過。那一剎那，我深深領悟到沒有什麼比愛心更能溫暖孩子們的心，醫治他們心頭的創傷和不幸。直到很久之後，孩子們還念念不忘他們的「嚴阿姨」！

沒有聖誕大餐，沒有通宵舞會，甚至連一棵像樣的聖誕樹都沒有，但我們卻過了一個真正的聖誕夜，充滿平安喜樂，無限的祝福，深摯的愛！

將燈提起

清明四月，細雨霏霏，美麗而淒傷。

月初，我突然收到一位陌生女孩的信，我不認識她，也不知她從哪裡打聽到我的地址。她寫了滿滿九大張十行紙，向我訴說她心中的憂傷，她對生命的無奈和厭憎，她已經自殺了三次，而她，僅僅十九歲，花樣年華，錦般歲月，但她一點也感受不到青春的喜悅，為什麼？青年佈道大會上，當我提到這件事時，一向很少激動的我也禁不住當著一萬多名觀眾面前落下淚來。在這個充滿疏離感的時代，多少孤單的靈魂在他們各自的世界裡掙扎，找不到一對了解的眼，找不到一雙安慰的臂膀。就像那個女孩，竟不得不向一位素不相識的人傾吐她的心事！

在我的生命中，也曾攀越了一段漫長而黑暗的道路。然而，感謝許多朋友所給予我的幫助和鼓勵，甚至有些是來自不認識的朋友。許多人為我禱告，許多人為我四處介紹醫生，許多人冒著驕陽和風雨來看我；他們的愛和關切有如一盞盞小燈，溫暖了我的心，也照亮我前面的路程，使我有繼續向前邁進的勇氣。因此，當我有力量去扶持別人時，我也總不吝於伸出我的手。

海倫·凱勒女士曾說：「請將你的燈提高一點，好照亮不幸的人！」朋友！別讓我們把歡笑隱藏在心裡，別讓我們把歌聲吞嚥在喉中，在面對一張愁苦的臉，一雙乞援的手時，別讓我們視若無睹，轉身不顧。漫漫的人生旅途上，我們需要別人的燈導引前行，也別忘了將自己的燈提高一點，好照亮後面的人。

英雄

民國四十九年的夏天，我第四度住醫院，在陸軍總醫院。隔壁的病房住滿了「八二三」炮戰負傷回來的官兵，有的缺了胳臂、有的斷了腿、有的裹著重重的紗布，連頭臉都看不清楚。還有一些是被汽油彈燒傷的，身上結著一大片赤紅的血痂，肌肉都變了形。最嚴重的一位連頭髮都燒光了，他沒有鼻子，也沒有嘴和下巴，喉間貼著紗布和膠帶。彷彿有什麼怪獸將他整個下半張臉一把撕裂了，留下可怖的傷痕。從他們的傷勢上，可以想像到前線戰況的激烈和慘重。

每次我從他們病房門口經過，都忍不住心中一陣震動，我不認識他們，不知道他們的姓名，甚至，也記不清他們的相貌，但我知道他們是英雄，無名英雄。

因為，他們已經戰鬥過了，付出了他們的鮮血和生命，在強大的敵人面前，他們沒有投降，沒有退縮，打了光榮美好的一仗；他們活得光明磊落，頂天立地，他們是真正的英雄！

我忽然發現，我也可以成為一個英雄，不僅僅是我，我們每一個人都可以。為生命，為環境，為理想，獻出我們的血和淚，不屈不撓，奮鬥到底，在我們的人生戰場上，成為自己的英雄。英雄不是沒有恐懼的時刻，只是永不為恐懼所屈服；英雄也不是沒有失敗的時刻，只是永不為失敗所擊倒！

海明威在《老人與海》中有句話：「我們的肉體可以被打敗，但意志永不屈服。」人生是一連串的挑戰，我們不求苦難離開，但求戰勝苦難；我們也不重於勝敗，乃重於有沒有一顆奮勇爭戰的心！

附錄

讀《生之歌》體認生命

薇薇夫人

我越來越相信一個人活得是不是有意義，是不是發揮了自己，全看這個人對生命的體認，和對生活的要求而定。

自從知道有個全身百分之九十以上的關節都僵化，病了二十多年，但是卻從不放棄寫作的女作家是我的鄰居以後，我一直想去看看她。可是我害怕不知怎樣面對那需要安慰的人，因為我生平最不懂說安慰的話。後來我知道那一幢房子是她家，每次車經過她家門前，總會多望兩眼那垂著窗簾的小窗。想像那個不能動彈，只能用心靈和外界溝通的女孩，二十多年病著，就算不是成天愁眉苦臉，至少也是陰鬱鬱的吧。假如那窗裡躺著二十多年的人是我，我還會有笑臉嗎？

突然有一次我接到她的電話，聲音之爽朗、愉悅、堅定，讓我簡直驚異而迷惘，那會是她嗎？怎麼可能？太健康了嘛！我如果病上幾天，朋友就能從電話裡聽出我話聲中的不對勁兒了。躺了二十多年！天！

我第一次讀她作品，是一本精美的小書《生之歌》，我才知道她的確是堅定、愉悅、爽朗的。雖然她寫字是「在腿上放塊小木板，低著頭，弓著背，一筆一筆艱難地寫著，寫不多久，手臂就往往痛得不能動。」可是她卻已寫了四十多齣劇本。

在《生之歌》那本書裡，我才知道儘管她自己在痛苦之中，但是她卻是很多身體健康的人訴苦的對象，更是很多身體有缺陷的人所求助的對象，而這些人卻都比她軟弱。她躺在床上，不能動彈，卻把人生的信心，對人生的體認傳給那些比她身體健康的人。這種生活態度是何等的超越平常！

到今天我還沒去看過她，但是讀過《生之歌》以後，每次經過她家門前（通常都是我要回去做晚飯的時刻），透過窗簾內柔和的燈光，我改變了對她想像的模樣。她當然還是不能動彈，可是她一定有一對比健康人更明亮的眼睛，和爽朗、堅定、愉悅的神色！她是一個絕對健康的人！

——原載民國66．5．18《聯合報》

本文作者薇薇夫人，散文作家，國語日報董事長任內退休。著有《一個女人的成長》等書。

推介《生之歌》

小民

近來文壇出現一些感人至深的作品，如鄭豐喜遺作《汪洋中的一條船》，張惠明畫文俱美的《輪椅小畫家》，及劉俠的《喜樂年年》。每位作者都是身患惡疾，遭遇了嚴重殘障的青年。以他們克服逆境的經歷，和奮鬥的精神，在艱苦環境及肉體困難中，努力創作的成果。所以字字真摯有力，像一支高昂嘹亮的號音，鼓舞起人生向前奮鬥的勇氣。

《生之歌》是劉俠第二本書，這個筆名杏林子的女孩子，輾轉病榻廿三年，她活在有限的世界裡，她的天地除了醫院，就是斗室臥房。卻寫出了一百篇蘊涵著無限生機，婉轉動聽的生之歌。讀《生之歌》，彷彿看見一顆跳躍的赤子心，她不但向慈母感恩，也為自己飽受病痛折磨的身體病痛感恩；感謝上帝雖然她得了這麼可怕的惡疾，卻沒失去奮鬥的勇氣。人們常常因為平安幸福感恩，因錢財增多，事業順利感恩，誰會因患難感恩呢？惟有杏林子，她能知道患難也是上帝的一種祝福，假如果真如此，那就是為了使她寫出這本《生之歌》吧！

在書的首頁，她寫著：「願以這本書，還有我的愛和祝福，送給媽媽做為六十歲的生日禮。」她病了廿三年，她母親也跟著病了廿三年，每一次手術、每一針、一刀，都像刺在慈母身上。有一次我聽見她跟劉俠的父親說：「不要碰痛了孩子，比碰痛了我還難受。」廿三年的類風溼關節炎使劉俠每一個關節都壞死了，全身骨骼都不能觸摸。只有做母親的知道女兒的病有多苦。

無論春夏秋冬，做母親的生存的目的，就是照顧這生病女兒，當寒風吹起時，慈母的手為她披上外衣，每餐伙食，也以女兒軟弱的牙齒嚼得動為主。劉俠的弟妹都長大了，離開了，做母親的說：「只有這個女兒能一輩子守著我。」是多麼辛酸又慈愛的話！慈母心裡，當真願意孩子如無翅的鳥兒，永遠離不開老巢嗎？

《生之歌》中一百篇短小精彩的小文，有如現代人的荒漠甘泉。也是一首為灰心失望者唱出來的安慰激動的長詩。當我們想到，這是一個全身癱瘓，只有右手心可以夾筆，在她腿上放一塊板子，一字一字地由心底唱出來的歌，您能不為之動容嗎?特別在您看見這個不幸的孩子，對人生竟充滿難以形容的熱愛，她那麼勇敢，那麼堅強面對未來可能更惡化的疾病，我們這些健康的人，該如何呢!?

——原載民國66．4．18《中華日報》

本文作者小民女士，散文作家，著有散文集《媽媽鐘》、《桂花日日香》等書。

《生之歌》相關書評書目

評論文章	評論者	原載處	原載日期
推介《生之歌》	小　民	中華日報	一九七七年四月十八日
生之歌——杏林子小品百篇充滿了哲理和愛	曾素姿	中華日報	一九七七年六月八日
生之歌	薇薇夫人	聯合報	一九七七年五月十八日
介紹生之歌	胡簪雲	基督教論壇報	一九七七年四月二十四日
人生的肯定——並介紹劉俠的生之歌	周增祥	中央日報	一九七七年五月三十日
劉俠的《歌》	陳克環	中央日報	一九七七年六月八日

生即是戰鬥	羊　牧	明道文藝	一九八〇年三月
生命的歌頌	文曉村	中華日報	一九八四年五月十四日
劉俠唱出生命之歌 ——在春天裡與奇蹟相逢	陳美儒	國語日報	一九九八年五月三日
生命就是一首吹著號角的戰歌 ——《生命歌》讀後感	張拓蕪	台灣新聞報	一九七九年二月十日
生命的亮度與溫度 ——讀杏林子《生命之歌》	李　潼	文訊月刊一四九期	一九九八年三月
遺愛人間 ——杏林子散文的生命意識	倪金華	世界華文文學論壇四期	一九九八年
杏林子的散文世界：兼論對生命教育的啟發	張永年	國立彰化師範大學國文學系碩士論文	二〇〇五年
劉俠及其散文研究	陳秀蘭	國立高雄師範大學國文學系教學碩士論文	二〇〇五年

生之歌
Sing the Song of Life

國家圖書館出版品預行編目（CIP）資料

生之歌 / 杏林子著 . -- 三版 . -- 臺北市 : 九歌出版社有限公司 ,
2024.02
面；　公分 . -- (杏林子作品集 ; 14)
ISBN 978-986-450-644-6 (平裝)

863.55　　112022853

作　　者——杏林子
創 辦 人——蔡文甫
發 行 人——蔡澤玉
出版發行——九歌出版社有限公司
臺北市八德路 3 段 12 巷 57 弄 40 號
電話／ 25776564 傳真／ 25789205
郵政劃撥／ 0112295-1

九歌文學網　www.chiuko.com.tw

印　　刷——晨捷印製股份有限公司
法律顧問——龍躍天律師 ・ 蕭雄淋律師 ・ 董安丹律師
初　　版——1995 年 1 月 10 日
三　　版——2024 年 2 月
本書前後由「巨浪」、「星光」出版，1995 年由九歌重排，
總印量超過 50 萬冊

定　　價——300 元
書　　號——0110314
I S B N——978-986-450-644-6
9789864506477（PDF）
9789864506484（EPUB）